삶과 사랑을 다시 한 번 생각하는 기회가 되길 바라며
사랑하는

님께 드립니다

사랑하면 알게 되는 것들

발행일 2014년 8월 20일

지은이 안시안
발행인 최한호
출판사 다담북
디자인 페이퍼마임
등록 2012년10월16일 제 2012-000018호
주 소 인천시 부평구 부평동 부평문화로 115번길 54 미성304
전화번호 032)507-6509, 010-3321-6505
팩스번호 032)507-6505
이메일주소 chh6505@naver.com

ISBN 978-89-969789-6-1 03810
가격 13,000원

사람과 삶을 생각하는 사람들이 읽는 책

사랑하면
알게 되는 것들

안시안 지음

다담북 dadambook

프롤로그

사랑을 알려면 멀었다

알무스타파의 시를 나는 사랑의 전범(典範)으로 삼고자한다.

“서로 녹아서 흘러가며 밤을 향해 노래 부르는 시냇물처럼 되기를,
너무나 깊은 사랑의 고통을 알게 되기를,
스스로 사랑을 알게 됨으로써 상처받게 되기를,
새벽에 날개 달린 마음으로 일어나 또 하루 사랑의 날을 보내게 되었음을감사하게 되기를,
낮에는 쉬며 사랑의 황홀한 기쁨을 명상할 수 있기를,
저물 무렵엔 감사하는 마음으로 집에 돌아올 수 있기를,
그리고는 사랑하는 이를 위해 마음속으로 기도하고 입술로 감사의 노래를부르며 잠들게 되기를,”

사랑은 어떤 법칙이나 거래가 아니라 그냥 가슴 떨리는 것, 생각만으로도 가슴이 따뜻해지고 행복해지는 것이다. 사랑은 과거를 떠올리거나 미래를 계획하는 것이 아니라 지금 순간 거짓 없는 마음이 되는 일이다.

입만 열면 사랑을 얘기하고 사랑이 난무하는 세상에서 갈수록 사랑의 결핍과 갈증이 더 커지는 건 왜일까?

도시의 밤을 내려다보면 십자가의 불빛들만 가득한데 날이 갈수록 들리는 소문은 외로움과 우울함 뿐이니 이 또한 왜인가?

이성 간이건 삶에서건 사랑을 배제한 시간이란 그 의미를 생각할 수조차 없는 일이다.

이 책은 이런저런 사랑에 관해 열거한, 사랑하며 사는 방법에 대한 말과 글을 묶은 것으로 해답이라기보다는 물음에 가깝다.

무엇보다 나 자신 사람과 삶에 대한 사랑을 다시 한 번 생각하는 기회가 되었다.

안시안

프롤로그

제1부

사람을 사랑하는 일

제2부

삶을 사랑하는 일

제1부

사람을 사랑하는 일

사랑 없이 살수는 없다

누구나 사랑을 원한다

어떻게 사랑하느냐가 문제다

"존재의 의미"

세상에는 사랑이 너무 많기 때문에 사람들은
사랑을 쉽게 지나치거나 소중함을 알지 못한다.
사랑은 '사랑'이라고 이름표를 달고 있는 것도 아니고
무슨 특별한 색깔로 표시되어 있는 것도 아니다.
학교에 가고 직장에 다니고 친구를 만나고
가정을 꾸미고 하는 모든 일들이
사랑이 있기 때문에 가능한 것이다.
당신의 살아가는 모습, 바로 사랑 그 자체인 것이다.
그럼에도 사람들은 사랑이 없다.
사랑이 변했다, 라고 쉽게 말한다.
사랑은 보이지도 않고 요란하지도 않다.
우리 몸의 뼈와 살이 사랑으로 이뤄진 것이며

정신 또한 사랑으로 충만해 있다.
사랑이 없다면 우리는 결코 존재할 수 없다.
"사랑이 우리를 죽이지 않게 하시고 또한 사랑이 죽지도 않게 하소서."
존 던의 말이다.

사랑을 하기에 지금보다 더 좋은 시간은 없다.

당신의 사랑은 어디에 있나?
사랑하는 사람이 곁에 있다면 그의 손을 잡으라.
그리고 가만히 그의 눈을 들여다보라.
그의 눈 속에 당신의 모습이 깊어지고
당신의 눈 속에 그의 모습이 가득하면 그것으로 사랑은 족하다.
사랑하는 사람이 멀리 있다면 지금 당장 편지를 쓰라.
외롭다고 그리워 죽겠다고 쓰지 말고
곁에 있는 것처럼 도란도란 얘기를 나누듯 쓰라.
사랑한다는 것은 아무리 멀리 있어도 외롭지 않고
늘 함께 있는 마음이기 때문이다.

사랑은 늘 우리 곁에 있다.
그러나 우리는 그것을 알지 못한 채 살고 있다.
먹고 사는 일 때문에 혹은 하루하루 즐거움에 빠져
사랑이 무슨 필요냐며 뒷전에 밀어둔 채
몇 푼의 이익, 더 큰 욕망을 위해 목청을 높이고 추파를 던진다.
그러나 살아가는 일에서 사랑이 없다면
우리는 움직이는 로봇에 지나지 않는다.
인간이 아닌 동물들도 살기 위해 소리를 높이고 부지런히 움직인다.

"채우는 마음"

대부분의 사람은 자신의 장점으로 상대에게서 사랑을 받지만
자신의 결점까지 사랑해주는 사람을 사랑하고 싶어 한다.
상대의 모자람까지 긍정하고 채워주려는 마음이 진정한 사랑이다.
그러나 한번 생각해보자.
우리는 어떤 사랑을 찾고 있었나를,
더 예쁜 얼굴, 더 잘 빠진 몸매, 더 높은 학벌, 더 좋은 직장…
외모나 조건으로 사랑을 판단하려하지는 않았는지,
그것은 사랑이 아니고 욕망일 뿐이다.
그래서 그런 사랑을 이루지 못한 사람은
자신이 불행하다 생각하고 좌절하고 아파한다.

사랑하는 사람이라면 그 사람의 단점까지도 사랑할 수 있어야한다.

우리가 누군가를 사귀려고 할 때

상대의 장점을 볼 수 있다면 90%는 성공이랄 수 있다.

그러나 상대의 단점만 자꾸 눈에 띄고 그것만을 크게 보게 된다.

하물며 상대의 단점까지 사랑하는 일이란 얼마나 어려운 일이겠는가.

자신의 사랑이 90%는 된다고 만족해서는 안 된다.

나머지 10% 때문에 많은 이들이 헤어지고

미워하는 마음이 되고 서로에게 상처를 남긴다.

그래서 상대의 단점까지도 사랑하라는 것이다.

우리는 사랑을 주기보다 받기를 원할 때가 더 많다.

대부분의 사랑이 그렇다.

그러나 사랑이라는 의미는

자신의 것을 누구를 위해 쓰겠다는 의미와 같다.
주는 사랑을 손해라고 생각해서는 안 된다.
어쩌면 사랑은 투자와 같은 것이랄 수 있다.
잘못된 투자도 있을 수 있겠지만
사랑은 하나를 주면 두 개 세 개로 돌아오는 것이다.
그렇다고 이익을 보겠다는 마음으로 사랑하지는 말라.
그것은 사랑을 파는 행위나 다를 것이 없기 때문이다.
오직 주겠다는 마음으로 사랑을 하노라면
어느새 가득한 사랑의 기쁨 속에 살게 될 것이다.

레오 버스카글리아가 말했다.
"사랑하며 사는 것은 인생을 사는 일이며 인생을 산다는 것은 사랑하며 사는 일이다. 하지만 방관자처럼 수동적으로 앉아있으면 삶은 완성되지 않는다. 단순히 하루하루를 보내는 것으로는 충분치 않다. 무엇인가를 위해 살아야겠다는 결심을 해야 한다. 그것은 타인에게 즐거움을 선사하는 일, 자신이 소유한 것을 공유하는 일, 지친 사람에게 희망을 주고 외로운 사람에게 사랑을 주는 일이 되어야 한다. 자신의 고유함을 발견하고 깨닫고 개발하며, 실현시킬 사람은 자신뿐이다."

"하나가 아닌 둘"

남녀 간의 사랑은 상대의 마음을 당겼다 놓았다 하는
것이라며 줄다리기라고 한다.
하지만 사랑은 흔히 생각하는 줄다리기리 기보다
어쩌면 줄다리기의 반대개념이랄 수 있다.
누가 더 힘껏 당기냐 누가 더 많이 당겨 이기냐 하는
게임이 아니라 상대가 더 많이 당길 수 있도록
조금씩 줄을 놓아주는 줄다리기이기 때문이다.
사랑은 배려와 양보의 게임이랄 수 있다.
둘이 서로 힘껏 당기기만 하면 힘이 들고 줄이 끊어질 수가 있다.
줄을 너무 갑자기 놓아서도 안 된다.
그러면 상대가 넘어질 수도 있다.
그것은 결국 이별과 상처가 되기 때문이다.

우리는 어릴 때부터 학교에서 줄다리기 시합을 한다.
누가 더 많이 줄을 당기나 하는 시합이지만
그것에서 진정한 배움은 상대가 힘들어할 때
조금은 양보해주는 마음이다.
그것이 진정한 승리이며 사랑이다.
다른 비유로 남녀 간의 사랑은 거문고의 줄 같다고도 한다.
거문고 줄이 느슨하면 소리가 제대로 나지 않고
줄이 팽팽하면 줄이 끊어져 소리가 나지 않는다.
남녀 간의 사랑은 줄이 느슨하지도 팽팽하지도 않고
적당할 때 여러 소리가 고르게 나는 이치와 같다 할 수 있다.

"싸움터로 나가기 전에 한번 기도하라. 바다로 나간다면 두 번 기도하라. 그러나 사랑을 하려거든 세 번 기도하라."는 말이 있다.
한사람을 사랑하는 일, 그것은 그만큼 중요한 일이 기도하거니와
항상 위태함이 따르는 일이기 때문일 것이다.
사랑이란 둘이 함께 줄을 타는 일과도 같다.
너무 빠르지 않게 너무 느리지도 않게
균형을 잘 잡고 건너야 할 줄타기이다.
함께 하나 되어 멋진 모습으로 줄을 탈 수 있다면
아름다운 사랑이라 할 수 있을 것이다.
그러나 줄을 타기는 어렵고 삶 또한 서툴기만 하다.

당신 앞에 줄 하나가 놓여있다고 하자.

당신은 어떻게 줄을 탈 것인가?

사랑하는 사람의 손을 잡고?

사랑하는 사람을 등에 업고?

"사랑을 할 땐 모든 것이 결합되어 환희와 찬탄의 일체가 된다. 하지만 이 모든 것들이 흩어져 있지 않았다면 결합 또한 이루어 질 수 없을 것이다. 일단 이 결합이 이루어지면 더 이상 사랑의 진전은 있을 수 없다. 사랑의 율동은 조류처럼 이루어진다. 썰물이 있으면 밀물이 있다. 결합은 분리를 전제로 한다. 사랑이란 심장의 수축, 이완관계와 같다. 세상에 불변하는 사랑이란 있을 수 없다. 바닷물이 세계 어디에서나 밀물일 수 없듯이 사랑의 절대적인 완성이란 있을 수 없는 것이다. 사랑이란 여행과 같다. 목적지에 도착하는 것보다 그 과정이 더 좋다. 이 말은 사랑이란 상대적인 충족일 수 있을 때 오히려 절대적인 만족을 할 수 있다는 이야기이다."[1]

그대 생각에

그대를 처음 본 순간
'사랑'이라는 두 글자
화인처럼 가슴에 찍혔네
내 마음 뜨겁게 불질러 놓고
그대 떠나간 지금
그리움에 메일 때마다
그대 생각에 가슴 젖네
얼마나 많은 눈물 흘려야
가슴에 새겨진 그대
지울 수 있을거나
그대가 내게 들려준
'사랑한다'는 말 한마디

운명처럼 금줄을 울렸네
내 마음 아프게 흔들어 놓고
그대 멀어진 지금
그리움에 일렁일 때마다
그대 생각에 삼 못 드네
얼마나 많은 날 들 지나야
가슴에 남겨진 그대
잊을 수 있을거나

"헌신과 기다림"

우리는 누군가에게 '당신을 사랑합니다.'라고
고백하고 싶을 때가 있다.
그러나 서두르지는 말라.
성급한 사랑 고백은 상대를 당황하게 하거나
오히려 사랑의 열정을 식게 할 수가 있다.
사랑은 불꽃과 같아서 단숨에 세찬바람으로
불을 피우려고 하면 꺼져버리고 만다.
상대의 가슴이 데워질 수 있도록 그를 위해 헌신하고
상대의 가슴이 열릴 때까지 기다려야 한다.
사랑은 오래도록 타는 불길과 같은 것이기 때문이다.

누군가를 사랑하라.

우리 생에 있어 사랑보다 더 큰 선물은 없다.

남을 사랑하지 못하는 사람은

자기 자신도 사랑하지 못하는 사람이다.

사랑 없는 눈으로 바라보는 세상은 우울하거나 슬퍼 보인다.

자신에게 주어진 소중한 시간을 값없이 보내지는 말라.

지금까지의 시간이 낭비였다면

두 배 세 배 더 시간을 값있게 써야한다.

자기 자신을 새롭게 태어나게 하는 일은 사랑밖엔 없다.

지금 당장 사랑을 주어라.

모두가 외면한다 해도 누군가 당신에게

손 내미는 사람이 있을 것이다.

어느 시인이 최고의 사랑시라 지칭한 미셸 쿠오스트의「사랑의 아픔」을 여기 옮긴다. 시란, 사랑시란 조용히 읊조려 가슴에 스미게 하는 것이다. 그리고 느끼고 자신이 생각하는 사랑을 다시금 돌아보는 것이다.

"사랑한다는 것은 쉬운 일이 아니란다.
누군가가 사랑하고 있다고 여겨도
때로 자기를 사랑하고 있는데 지나지 않는단다.
그래서 모든 것이 헛것이 되고 끝나고 만단다.
사랑한다는 것은 누군가와 만나는 일이란다.
그것 때문에 내 성을 뒤로하고 기쁜 마음으로
그 사람을 향해 그 사람을 위해 가는 거란다.
사랑한다는 것은 마음이 통하는 일이며
마음이 통하기 위해서는 그 사람을 위해 자기를 잊고
그 사람을 위해 자기를 완전히 낮춰야 한단다.
알아듣겠느냐, 사랑은 아픔이란다.
아담과 하와의 원죄 이후 — 잘 들어라
사람을 사랑한다는 것은, 그를 위하여
내 몸을 십자가에 못 박는 일이란다."

"간절하고 진실한"

사랑도 때로 표현하기보다 가슴에 둘 때 아름다울 수 있다.

"우리에게 눈이 둘이고 귀도 둘인데 입은 하나밖에 없는 것은 두 개를 보고 두 개를 듣고 하나만 말하라는 것이다."

「탈무드」에 나오는 말이다.

'사랑한다.'라는 말은 많이 하면 할수록 좋다고 한다.

그러나 아름다운 노래도 너무 들으면 소음으로 들릴 때가있다.

사랑이란 말은 간절한 것이고 진실한 것이다.

입을 떠나면 이내 사라지는 말보다

가슴속에 오래도록 남아있을 사랑을 보여주라.

그래도 사랑 없는 사람보다는

사랑한다는 말 한마디라도 할 수 있는 사람이 좋다.

사랑하는 사람에게는 '미안하다'는 말을 하지 않는 거라고
영화「러브스토리」에 나오는 말이다.
왜 미안한 마음이 없겠는가.
아직 결혼을 하지 않은 사이라면 사랑하는 그녀에게 미안하고
사랑하는 그이에게 미안할 때가 있을 것이다.
결혼한 사이라면 사랑하는 아내에게 미안하고
사랑하는 남편에게 미안할 때가 있을 것이다.
하지만 사랑하는 사이라면 상대의 미안한 마음까지
사랑할 수 있어야 한다.
눈빛만으로 상대에게 미안한 마음을 전할 수 있고
눈빛만으로 상대의 마음을 따뜻이 감싸줄 수 있어야 한다.
사랑은 말보다 마음으로 나누는 은밀한 언어다.

열심히 입을 열어 사랑을 노래하는 사람도 알고 보면
사랑에 대해서 별로 아는 것이 없는 사람이다.
사랑은 요란하게 드러내면 낼수록
사랑의 고귀함은 사라지고 만다.
누군가를 사랑한다고 열망하는 행위는 자신의 사랑을
확인하고 싶고 사랑을 잃을까하는 두려움 때문이다.
침묵하고 부정해도 사랑은 드러나게 마련이다.
'나는 당신을 사랑한다.' 또는 '나는 당신만을 사랑한다.'

등의 말도 사랑하는 그 대상을 통하여 자신의 사랑을
확인하고 싶어 하는 마음 때문이다.
사랑하더라도 너무 많은 말을 하지는 말라.
사랑은 말하지 않아도 보여주려 하지 않아도
마음으로 전해지는 은밀한 신호다

"우리는 사랑을 '소유'할 수 있는가? 만약 그렇게 할 수 있다면 사랑은 하나의 사물, 즉 우리가 가질 수 있는 물질이 될 필요가 있다. '사랑'은 추상명사이며 아무도 이 여신(女神)을 본적은 없다. 실제로 '사랑의 행위'만이 존재하고 있다. 사랑하는 것은 생산적인 능동성이다. 그것은 사람·나무·그림·사상 등에 대한 돌봄·앎·반응·긍정·즐거움 등을 뜻한다. 그것은 생명력을 증대시키고 소생시키는 것을 뜻한다. 그것은 자기를 재생시키고 자기를 증대시키는 하나의 과정이다. 소유양식에서 사랑이 경험될 때 그것은 그 사람이 '사랑하는' 대상을 제한하고 감금하고 통제하는 것을 의미한다. 그것은 생명을 주는 것이 아니라 목을 조르고 질식시키며 죽이는 행위이다. 사람들은 사랑하고 있지 않는 사실을 숨기기 위해 대부분 사랑이라는 단어를 잘못 '사용하고' 있는 것이다."[2]

프라드리히 니체는 말한다.

"소유에 대한 갈망을 가장 분명하게 드러내는 것은 이성 간의 사랑이다. 그는 사랑하는 사람의 영혼과 육체에 대한 무조건적인 권력을 원한다. 그는 홀로 사랑받기를 원하고, 다른 영혼 안에서 최고의 대상, 가장 갈망할 만한 대상으로 머물러 상대방을 지배하려 한다."

인간은 누구라도 구속할 권리는 없다.

가끔 우리는 '사랑'이라는 이유로 서로를 옭아매고 구속하면서

그것이 사랑의 본질이라도 되는 듯이 말하는 연인들을 본다.

그렇게 생각하는 사람은 대개가 남자인 경우가 많다.

진정으로 그 사람을 사랑한다면 그의 존재의미를 사랑해야 한다.

진정으로 그 사람을 사랑한다면 그가 자유인임을 인정해야 한다.

진정으로 그 사람을 사랑한다면 그의 허물까지도 사랑해야 한다.

누군가를 사랑한다는 것은

그 사람의 많은 것들을 공감하고 나누는 것이다.

사랑에는 분명 하나가 된 둘이 있음을 알아야 한다.

그 사람과 하나가 될 수 있도록 가슴 저리게 사랑은 하되

자신을 잃는 어리석음은 범하지 말아야 한다.

"용서의 다른 이름"

용서는 참으로 어렵다. 용서에는 사랑이 필요하기 때문이다.
죄는 미워하되 사람은 미워하지 말라는 말이 있다.
한겨울 두꺼운 얼음도 봄날 따스한 햇살에 녹아내린다.
무거운 형벌보다 사랑 있는 용서가 세상을 한층 포근하고 살맛나게 한다.
훔쳐간 은촛대를 자신이 주었노라 한
「레미제라블」의 신부님의 사랑이 있다.
신문에서 자식을 죽인 범인을 용서했다는 기사를 읽은 적이 있다.
미움은 마음의 평안을 주지 못한다.
사랑만이 우리 가슴에서 분노와 슬픔을 없애주는 유일한 방법이다.
사랑이란 내가 너를 사랑한다는 이유 때문에
남들에게 손가락질을 받는 상황에 놓여도

끝까지 상대방에 대한 배려를 놓지 않는 진실함이다.
사랑은 대형 파이프로 뿜어내는 순간의 열정이 아니라
모세혈관처럼 몸 속 깊이 스며드는 섬세한 배려이다.

질투 없는 사랑은 생각할 수 없다.
질투의 오랜 역사로 아담이 늦게 돌아왔을 때
이브는 아담의 갈비뼈를 세기 시작했다는 말이 있다.
질투가 없는 사랑을 사랑이 식었다고 말하기도 하고
사랑 없는 사랑이라고도 한다.
질투는 사랑의 확인 같은 것이기도 하다.
티격태격 사랑싸움은 삶을 배우는 일이며
사랑의 결속력을 굳게 하는 일이기도 하다.
서로를 미워하게 되는, 사랑을 식게 하는 결과가 아니라면
적당한 질투는 음식에 맛을 내는 조미료처럼
사랑을 의미 있게 만들 수 있다.

사랑의 감정을 지혜롭게 사용하라.
사랑은 폭력적이지 않고 순종적이지도 않다.

그런 사랑은 인간이 아닌 동물들의 사랑이다.
사랑을 하면 눈이 먼다고 한다.
그것은 사랑의 감정을 조절하지 못하기 때문이다.
사랑은 혼자만의 감정이 아닌 둘이 하나가되는 일이다.
너무 흘러넘치지 않게 너무 텅 비지도 않게 그릇을 채우는 일이다.
동물들은 사랑의 행위가 끝나면 돌아서 버린다.
그러나 인간의 사랑은 마주보는 사랑, 함께하는 사랑이다.
그런 사랑도 고비를 맞을 때가 있다.
그렇다고 쉽게 식어서는 안 되는
꺼진 불도 피우려고 노력하는 사랑이 참된 사랑이다.

"누군인가를 사랑한다는 것은 한 그루의 나무를, 한 마리의 새를, 또는 애완동물을 사랑해서 비록 그 보상을 전혀 받지 못하더라도, 비록 너에게 그늘을 제공하거나, 너를 따르거나, 너에게 의존하지 않더라도 그것을 보살피고 먹여주고 소중히 아끼는 것이 무엇을 의미하는지를 아는 것이다. 우리들의 사랑은 항상 불안과, 질투와, 두려움이라는 장애물에 둘러싸여 있기 때문에 - 다시 말하면 우리들은 내적으로 타인에게 의존하고 사랑받기를 원하기 때문에 우리들 대부분은 그런 식으로 사랑하지를 않고, 그것이 무엇을 의미하는지 전혀 알지 못한다. 우리들은 그냥 사랑하면서 그대로 있지를 못하고 대가로 무엇인가를 요구하는데, 바로 그 요구 때문에 우리들은 의존하게 한다. 사랑은 반작용이 아니다. 만일 네가 나를 사랑하기 때문에 내가 너를 사랑한다면 그것은 장터에서 물건을 사듯, 단순한 거래에 지나지 않으며 그것은 요구하지를 않고, 네가 무엇을 주고 있다는 사실조차 느끼지 않음을 의미한다."3

사랑과 미움은 같은 것이랄 수 있다.
다만 하나는 적극적인 것이며 하나는 소극적인 것이 다를 뿐이다.
누구나 인생을 얼마만큼 산 뒤에 그것이 사랑이었을지도 모른다는 추억 몇 개쯤은 간직하고 있을 것이다.

자신이 적극적이지 못했기 때문에

멀어진 얼굴 몇도 떠오를 것이다.

우리는 좀 더 적극적으로 상대를 사랑해보지 않고

상대를 떠나보낸 뒤에 가슴에 아쉬움만 키운다.

그가 당신을 떠났나? 당신이 그를 보냈나?

누군가 당신이 사랑한 사람을 차지했다고 해서

그를 미워할 필요는 없다.

누가 더 적극적이었고 누가 더 소극적이었냐 에 결과일 뿐이다.

“그대가 얻고 싶은 것을 남이 가졌거든 남이 그것을 얻기 위해 바친 노력만큼 그대도 노력하라.”

칼 · 힐티의 말이다.

"열정이 식기 전에"

"당신이 날 사랑해야 한다면 다른 아무 것도 아닌 오직 사랑만을 위해 사랑해주세요. 이렇게 말하지 마세요. '그녀의 미소와 외모와 부드러운 말씨 때문에 그녀를 사랑해', 그저 오직 사랑만을 위해 사랑해주세요. 사랑의 영원함으로 언제까지나 사랑할 수 있도록."

이 시는 시한부 삶을 살던 마흔 살의 엘리자베스 배럿이
자신보다 여섯 살이나 어린 젊은 시인 로버트 브라우닝의
청혼을 받아들이며 지은 것이다.
두 사람은 가족의 반대로 비밀결혼식을 올려야 했다.
하지만 위대한 사랑의 힘은 새로운 생명력을 불어넣어
엘리자베스는 아들까지 낳고
15년을 더 살다 남편 곁에서 눈을 감았다.

철학자 앙드레 고르가 불치병으로 죽음을 기다리는 아내에게 보여준 변함없는 사랑은 우리에게 다시금 사랑의 의미를 생각하게 한다.

"사랑이란 두 주체가 서로 매혹되는 일, 즉 도무지 말로 표현할 수 없는, 사회가 강요하고 자기들의 역할과 이미지와 문화적 소속에 거역하는 면에 끌려 서로에게 빠져드는 일입니다. … 내가 그때까지 살아온 대로 살겠다고, 그리고 당신의 눈길과 목소리와 향기와 가는 손가락과 당신이 당신의 몸으로 사는 방식을 그 무엇보다도 사랑하겠다고 동의하는 것만으로 미래는 온통 우리에게 활짝 열리게 되어 있었지요."

고르가 아내 도린에게 보내는 편지 「D에게 보내는 편지」에 실린 내용이다.

결국 고르는 2007년 아내와 함께 동반자살로 삶을 마감했다.

내 무덤에 흙이 마르면 재혼하라 했다고 무덤에 부채질하고 있는 여인의 옛이야기도 있긴 하지만 우리가 두려워하는 죽음마저도
아름답게 느껴지는 건 사랑이 있기 때문이 아닐까.

아사다 지로가 말했다.

"사랑하는 남녀도 처음 몇 달이 지나면 어딘가 잘 못 끼운 단추라는 것을 금세 알게 되는 때가 찾아온다. 세월은 계속 단추를 잘 못 끼우게 만들고 그러는 사이 보기엔 흉하지만 그럭저럭 입기 편한 모양이 된다."

필자도 늦은 나이(?)에 중매로 결혼을 했다.
낯선 사람이 만나서 어색한 동거로 후회하고 갈등하며
비로소 사랑의 마음으로 하나 되기까지 시간이 걸렸다.
생의 시간은 길지 않고 하물며 사랑하며 살아야 할 시간은 더 짧다.
젊음의 시간, 가슴의 열정이 식기 전에
더 많이 사랑을 경험하고 더 뜨겁게 사랑하라.
그리하여 오직 사랑 속에 살라.

요즈음 사람들은 '사랑해'라는 말을 너무 쉽게 하지만
원래 '사랑하다'는 말은 '생각하다'는 의미였다.
누군가를 생각하고 또 생각하는 것, 그것이 쌓여 그리움이 되는 것.
그것이 바로 사랑이다.
사랑이란 한 사람이 다른 사람에게 느끼는 '특별한' 재발견이다.
사랑에 빠진 순간 이 세상의 모든 것은 나를 위해 빛을 발하고,
사랑이 끝났을 땐 세상이 나를 버린 듯 빛을 잃어버린다.
한자로 사랑 애(愛)자는 받을 수(受)자에 마음 심(心)자를
합한 말이다.
마음을 주고받는 일이 바로 사랑이라는 의미다.

누구는 사랑을 일편단심이라 하고
누구는 사랑을 움직이는 생물 같은 것이라고 한다.
그것은 시대의 현상이랄 수 있고 빛깔의 다름일 수도 있다.
그렇지만 사랑은 사랑일 뿐이다.
한순간이든 영원한 것이든 사랑을 향한 마음가짐,
사랑으로 아파해본 사람은 안다.
사랑은 희열만큼 고통도 따른다는 것을…
하지만 사람들, 특히 젊은이들은
사랑이 오직 달콤한 것인 냥 생각해서
단순한 마음 끌림을 사랑이라 착각하곤 한다.
엘리자베스 퀴블러 로스는 「인생수업」에서 이렇게 말했다.
"삶의 여행을 하는 동안 사랑하는 법을 배워야한다. 당신의 임무는 사랑을 찾는 일이 아니다. 당신의 마음속에 스스로 만들어놓은 사랑의 방해물을 찾아내는 일이다. 누군가 옆에 있다는 것은 사랑에서, 삶에서 그리고 죽음의 순간에서도 가장 중요한 일이다."

"행복의 시작"

"사랑하는 것은 사랑을 받느니보다 행복하나니라.
 오늘도 나는 에메랄드빛 하늘이 환히 내다뵈는
 우체국 창문 앞에 와서 너에게 편지를 쓴다.
…… ……"

 유치환님의 「행복」이라는 시의 부분이다.
우리는 누군가 그리우면 전화를 걸거나 문자를 보낸다.
편지를 쓰는 수고는 싫어한다.
사람들은 빠르고 편한 만남을 좋아한다.
그러나 그렇게 만난 우정이나 사랑은 오래가지 못한다.
쉽게 만난 만남은 쉽게 떠나가고 만다.
지금 시대 우정이나 사랑은 쉽게 돌아서고 가볍게 표정을 바꾼다.
어제의 만남이 오늘 이별이 되고 어제의 사랑이 오늘 미움이 된다.

몇 자 적은 쪽지나 몇 줄뿐인 편지가 큰사랑이 될 수가 있다.
정성들여 만든 남편의 도시락에 사랑의 쪽지를 넣는 아내가 있다.
남편은 아내가 싸준 도시락을 먹으며 아내의 사랑을 읽는다.
아내가 더 사랑스럽고 가정을 위해서 열심히 뛰어야겠다고
다짐을 하게 된다.
술자리로 늦게 들어오는 일이 잦은 가장이 있다.
술을 마시고 늦게 들어오는 날은 가족 모두가 고통을 겪게 된다.
그러면 대다수의 아내는 사네 못사네 하며 바가지를 긁게 마련이다.
그러나 현명한 아내는 남편을 따뜻하게 맞아들이고
남편의 머리맡에 쪽지 한 장을 써둔다.
'당신, 어제 너무 했어요.'라고,
아침에 눈을 뜬 남편은 그 쪽지를 보고 미안해진다.
그리고 술을 적게 마시고 일찍 집으로 들어오게 된다.
이렇게 짧은 글로도 사랑을 확인시켜주거나
사람을 감동시키는 힘이 있다.
입을 떠나면 이내 사라지는 말보다
오래 남을 몇 자의 글을 써보는 것은 어떤가?
사랑은 어려운 것 같지만 때로 작은 정성으로도 만날 수 있다.

살아있는 사람간의 그리움도 멀리 떨어져있다면,
그것도 만날 수 없는 처지라면 더욱 애절하다.
1840년 제주도 대정현으로 유배를 떠난 추사 김정희가
1842년 11월 아내에게 쓴 편지다.
그러나 부인은 편지가 도착하기 하루 전에 세상을 떠나고 만다.
"안사람에게, 오늘 집에서 보낸 서신과 선물을 받았소. 당신이 봄날 내내 바느질했을 시원한 여름옷은 겨울에야 도착했고, 나는 당신의 마음을 걸치지도 못하고 손에 들고 머리맡에 병풍처럼 둘러놓았소. 당신이 먹지 않고 어렵게 구했을 귀한 반찬들은 곰팡이가 슬고 슬어 당신의 고운 이마를 떠올리게 했고 내 마음은 썩지 않는 당신 정성으로 가득 채워졌지만 그래도 못내 아쉬워 집 앞 붉은 동백 아래 거름되라고 묻어주었소. 동백이 붉게 타오르는 이유는 당신 눈자위처럼 많이 울어서일 것이오."
고향에 두고 온 아내를 그리는 지아비의 절절한 사랑이 담겨있다.

때로 사랑은 말보다 글에 힘이 더 실린다.
멀리 있는 가족에게 써서 보낸 편지엔 그래서 사랑이 더 절절하다.
멀기로 치자면 이승과 저승만큼 먼 거리는 없을 것이다.

1988년 봄, 경북 안동의 산기슭에서 주인 모를 무덤이 발견됐다.
아파트 택지개발 사업을 위해 포클레인이 무덤을 파내려가자
관이 모습을 드러냈고, 관을 열자 400여 년 전의 편지가
망자의 가슴 위에 놓여 있었다.
수신자는 원이 아버지, 망자의 아내가 보낸 편지다.
"… 둘이 머리가 하얗게 세도록 살다가 함께 죽자 하더니 어찌해서 나를 두고 먼저 가시는지, 나와 어린아이는 누구의 말을 듣고 어찌 살라는 건지, … 내 마음은 한도 끝도 없어 대강밖에 못 적으니, 이 편지를 보면 꿈속에라도 찾아와 주세요."
애달픈 그리움의 편지다.
가로 60cm, 세로 33cm의 한지 위엔 관 뚜껑이 닫히기 전에
편지를 넣기 위해 눈물범벅된 얼굴을 훔칠 새도 없이 써내려갔을
마지막 언서, 한지 위의 글씨는 빼곡하다.
전할 말이 넘쳐흘러 종이를 돌려가면서 써내려간 까닭이다.
돌아올 때 신으라고 아내는 신까지 넣어주었다.
자신의 머리카락으로 삼은 미투리 한 켤레다.
남편은 그 신을 신고 아내의 꿈속에 찾아왔을까?

"변치 않는 진실"

마음 안에서 사랑한 것은 마음 밖에서는 만날 수 없다고 한다.
사랑이 마음 안에 있을 때는 진실하지만 마음을 떠나서는
색칠을 더하고 옷을 입히고 보기 좋게 꾸미려하기 때문이다.
그것이 일시적인 상대의 호기심은 자극할지는 모르지만
상대가 사랑의 진실을 알았을 때는 멀어지고 만다.
사랑하는 마음을 다 드러내지 말고
사랑하는 사람을 마음속으로 들어올 수 있도록 해야 한다.
그것이 영원히 변치 않는 사랑 안에서
오래도록 함께 할 수 있는 방법이다.
사랑은 화려하지도 요란하지도 않다.
사랑은 변치 않는 진실이며 마르지 않는 샘물 같은 것이다.

사랑은 모양이 아니라 감정이며 높이가 아니라 깊이라고 한다.
그러나 많은 사람들은 사랑을 모양이나 크기에서 찾으려 한다.
사랑이 있는 사람에게는 따뜻한 미소와 그윽한 향기가 있지만
사랑은 가슴 깊은 곳에 있기 때문에 쉽게 눈에 띄지 않는다.
마음을 흔드는 유혹을 사랑이라고 생각하는 사람은
그만큼 상처를 많이 받게 된다.
사랑은 사랑이 있는 사람의 눈에는 보이기 마련이다.
사랑 없는 가슴으로 사랑을 찾으려하기보다
먼저 자신의 사랑을 키우는 일이 중요하다.

"진정한 사랑은 우리가 압도당하는 감정이 아니다. 그것은 결정을 통해 실천되는 것이다. 사람들은 일반적으로 사랑의 감정과 사랑을 혼동하여 자기기만의 태도를 취한다. 아내와 아이들이 필사적으로 관심을 기울여주기를 기다리고 있는 순간에도 알코올중독자인 남편은 술집에 앉아 눈에 눈물을 머금은 채 술집종업원에게 '나는 진정으로 나의 가족을 사랑합니다.' 라고 말할는지도 모른다. 아이들을 등한시하는 사람들이 자기 자신을 가장 자애로운 부모라고 생각하는 예는 아주 많다. 사랑의 감정과 사랑을 혼동하는 이러한 경향에는 분명히 자

신만을 위하는 속성이 있을 것이다. 우리의 감정에서 사랑의 증거를 찾는 것은 어렵고 고통스러울지도 모른다. 그러나 진정한 사랑은 종종 덧없는 사랑의 감정이나 의지의 행동이기 때문에 '사랑은 행동으로 나타낼 때 존재하는 것이다.'라고 말하는 것이 정확하다."4

사랑하는 사람은 오로지 그가 사랑하는 사람으로부터
한 번의 미소, 한 번의 시선, 한마디 말을 듣기를 원한다.

사랑이라는 감정은 한없이 여리고 따스한 것이지만
그 힘은 강철보다 강하고 불보다 뜨겁다.
그래서 사랑에 빠진 사람은 잠 못 이루거나
경마장의 말처럼 앞만 보고 돌진하게 된다.
작은 사랑으로도 자신도 알지 못하는 잠재된 무한한 힘을 끌어낸다.
누구나 사랑을 한다.
사랑으로 인해 한 사람의 생이 달라지기도 한다.
어떤 사랑을 하느냐에 따라
한 인간을 좌절시키기도 위대하게도 한다.
이떻게 사랑하느냐에 따라
한 사람의 삶을 아름답게도 추하게도 만든다.
에리히 프롬이 말했다.
"꽃을 사랑한다고 말하면서도 꽃에 물을 주는 것을 잊어버린 여자를 본다면 우리는 그녀가 꽃을 사랑한다고 믿지 않을 것이다. 사랑은 사랑하고 있는 자의 생명과 성장에 대한 우리들의 적극적인 관심인 것이다. 이러한 적극적 관심이 없다면 사랑도 없다."

"거부할 수 없는"

사랑을 경험하지 않고 사랑에 대해서 판단하는 것은 옳지 않다.
사랑을 아는 일은 오직 사랑을 해보는 방법밖에 없다.
사랑은 구걸하거나 강요로 얻어지는 것이 아니다.
사랑은 아무런 계획 없이 아무런 약속 없이도
자연스럽게 마음을 흔드는 봄바람 같은 것이다.
사랑의 감정을 바꾸려하거나 거부하지 말고
마음이 끌리는 대로 마음을 맡겨야한다.
사랑은 은밀하게 다가오는 거부할 수 없는 흔들림,
바로 운명이다.
사랑은 태풍으로 거칠게 불었다가 언제 그랬냐는 듯
살랑대는 몸짓으로 포근한 미소로 돌아온다.
사랑이 때로 가슴에 상처를 남긴다 해도

가슴은 이내 그리움으로 따뜻해진다.
그것은 진정한 사랑으로 다가가기 위한 시련이다.
"모든 닿을 수 없는 것들을 사랑이라고 부른다. 모든, 품을 수 없는 것들을 사랑이라고 부른다. 모든 만져지지 않는 것들과 불러지지 않는 것들을 사랑이라고 부른다. 모든, 건널 수 없는 것들과 모든, 다가오지 않는 것들을 기어이 사랑이라고 부른다."
김훈님의 말이다.

사랑이라는 것은 동물적인 어두운 충동도 아니고
신성한 정신적인 숭배도 아니다.
오히려 사랑은 그 양쪽 모두이다.
사랑은 살아가는 일에 꼭 필요한 것이며
자연스럽게 우러나는 삶의 향기 같은 것이다.
사랑을 고귀한 것이라 해서 사랑이라는 이름에
지나치게 장식을 하거나 높은 자리에 두게 되면
사랑은 삶과는 멀어진 자리에서 빛을 잃고 만다.
그렇다고 사랑을 값없이 다루라는 말은 아니다.
그것은 자신의 삶을 가치 없이 만드는 일과 다름없다.
사랑은 생활처럼, 사랑은 생명처럼 함께하는 것이다.

사랑으로 인해 당신이 존재하고 사랑으로 인해 당신은 아름답다.

"인생은 한 권의 책과 흡사하다. 미련한 사람들은 그것을 건선 건성 읽어버리지만 현명한 사람들은 정성들여 그것을 읽는다. 왜냐하면 그는 한번 밖에 그것을 읽지 못한다는 것을 알고 있기 때문이다."

J · 보이에르의 말이다.

인생이 한번인 만큼 사랑도 한번뿐이다.

누구는 많은 사랑을 경험했노라 자랑하지만

그것은 사랑이랄 수 없다.

단 한 번의 진실한 사랑을 위해서,

단 한사람과의 영원한 사랑을 위해서

정성들여 책을 읽듯이 마음을 다해야 한다.

책의 내용은 당신이 꽃피운 사랑으로 기록되고 읽혀진다.

눈먼 사랑

바람은 떠난 뒤에야 생각난다
이별한 그녀처럼,
바람 속에 있을 땐
흔들리는 건 삶이 아니라고
떨리는 건 사랑이 아니라고
으레 바람은 지나는 거라고
떠날 사람은 떠나는 거라고
그런데 왜 뒤늦게
아프게 생각나는 거지?
다시 불어와도 그 바람은 아니듯
다시 시작해도 그 두근거림이 아니듯

그래서 사람들은
눈뜬 길 위에서
눈먼 사랑을 하는 것인지도
바람의 짧은 해후가 도무지
노래였는지 속삭임이었는지
어쩌면 오래 시간이 멈춘
위태한 사랑을 기다렸는지도

LOVE

"두드리고 두드려라"

벌은 1파운드의 꿀을 얻기 위해
5만6천 개의 꽃을 찾아야 한다고 한다.
벌은 우리의 빵에 필요한 꿀 한 수저를 얻기 위해서
4천2백 회의 여행을 한다고 한다.
하물며 사랑을 얻는 일에 당신은
얼마만큼의 노력과 정성을 기울이고 있나?
한 번의 사랑의 시도로 쉽게 포기하지는 않는가?
몇 번 두드리다 열리지 않는 문을 원망만 하는가?
때로 쉽게 단념하는 것이 옳을 때도 있다.
그러나 사랑은 쉽게 얻어지는 것이 아닐뿐더러
쉽게 얻어지는 것이라면 호기심이거나 쾌락일 뿐이다.
벌처럼 많은 꽃을 찾으라는 말은 아니다.

그랬다가는 바람둥이라는 낙인이 찍히고 말테니까,
꿀 같은 달콤한 사랑을 얻기 위해서서는
시간과 생각과 정성이 필요하다는 말이다.

누구나 일생에 한번은 사랑을 만난다.
그 사랑을 어떻게 받아들이고
어떻게 가꾸고 어떻게 꽃피우느냐는
사랑을 위한 노력에 달려있다.
사랑이 비극으로 끝나느냐 해피엔딩으로 끝나느냐는
전적으로 사랑을 위한 열정에 달려있다.
사랑은 아주 작은 계기로 시작되어 큰 의미로 삶을 좌우한다.
사랑이라는 이름이 당신을 찾아오고부터
삶은 때로 감미롭고 때로 안타깝고 때로 격렬하게 변화를 맞는다.
사랑의 열병을 앓아본 사람은 다르다.
그것은 통과의례를 거친 사람의 모습이기 때문이다.
살면서 단 한번이라도 내 모든 것을 다 바쳐
한 사람을 사랑해 본 사람은 안다.
자신의 삶의 한 순간을 명징하게 '사랑'으로 물들였던
기억이 남아있는 사람에게는 그것만으로도 인생은
충분히 가치가 있는 삶이었다고 말할 수 있을 것이다.

사랑은 당신이 내게 ~~를 해준다면 나는 당신을 사랑할 것이다. 가 아니라 ~~임에도 불구하고 아무 조건 없이 당신을 사랑하겠다는 약속을 바탕으로 한다.
그러나 실재로 그렇게 하는 것이 쉽지 않을 뿐 아니라
서로 있는 그대로 아무 조건 없이 받아들인다는 것은 매우 어렵다.

"사랑은 오래 참고 사랑은 온유하며 투기하는 자가 되지 아니하며 사랑은 자랑하지 아니하며 교만하지 아니하며 무례히 행치 아니하며 자기의 유익을 구치 아니하며 성내지 아니하며 악한 것을 생각지 아니하며 불의를 기뻐하지 아니하며 진리와 함께 기뻐하고 모든 것을 참으며 모든 것을 믿으며 모든 것을 바라며 모든 것을 견디느니라."[5]

우리의 사랑은 위와 닮지 않을 때가 더 많다.
누군가를 그렇게 사랑하는 것이 쉬운 일이 아니다.
삶이 정말로 고달프고 힘들 때일수록
조건 없는 사랑은 더욱 필요한 법이다.

우리는 사랑받기를 원하면서 먼저 사랑하려 하지 않는다.
혹은 사랑 받기 위해 사랑을 한다.
그것은 사랑의 가치나 의미를 잘 알지 못하는 일이다.
그래서 오늘 서로 죽도록 사랑한다고 말하고는
내일 성격차이니 신뢰를 깨뜨렸느니 하며 서로 미워하며 헤어진다.
사랑은 받기만을 원할 때 이미 사랑은 존재하지 않는다.
사랑은 어려운 것이 아니다.
사랑은 하나에다 하나를 더하면 둘이 되는 덧셈과 같은 것이다.
한 방울의 물이 다른 한 방울의 물과 합쳐져 더 큰 물이 되듯
자신이 먼저 마음을 열고 상대에게 다가가면
필시 더 큰 사랑으로 하나가 될 수 있다.
기대하지 않고 요구하지 않고 누군가를 사랑할 수 있다면
사랑은 아름다움으로 당신을 행복하게 할 것이다.

"운명이 되어버린"

누군가 사랑을 나뭇잎사이로 비치는 달빛과 같다고 했다.
왠지 모르게 생각만 해도 눈물이 날 것 같은,
오늘도 당신이 그리워 잠 못 이루며 뒤척이다 뜰 앞에 섰다.
때로 무심히 지나쳤던 풀벌레 울음소리도
구름사이로 비치는 달빛에도 가슴 그리움으로 사무친다.
누군가를 그리워하는 일이 이렇게 고통일 줄 몰랐다.
하지만 그리움을 쉬 버릴 수 없는 까닭은
이미 운명이 되어버린 사랑 때문이다.
누군가를 사랑하고 누군가를 그리워하는 일이
잘못된 운명이라 할지라도 후회하지는 않는다.
사랑은 너무 멀어 있어 바라볼 수 있는 시간은 늘 이리 짧다.
사랑은 소유가 아니라고 한다.

하지만 당신을 향한 마음 무거워질수록
그리움이 절절해지는 것은 어쩔 수가 없다.
"살면서 누군가를 그리워할 수 있고 보고 싶어 하는 사람을 마음속에 담고 있으며, 이에 대해 감사할 수 있는 점은 인생을 통해 얻는 또 다른 수확이라고 생각한다. 그런 마음을 갖게 해준 그 사람에게 고마워할 수 있는 것만으로도 당신은 행운아다."
「중경삼림」, 「화양연화」, 「동사서독」의 왕가위 감독이 한 말이다.

당신 지금 사랑이 뜻대로 되지 않는가?
아니 사랑 때문에 고통스러운가?
아폴리네트의 시 「미라보다리」의 구절만으로도
사랑은 어떻게 오는 것인가를 다시금 생각할 수 있다.

"미라보 다리 아래 센 강이 흐르네
추억해야 하는가, 우리들의 사랑을
기쁨은 언제나 고통 뒤에 왔어라.
………………"

기쁨을 사랑이라고 한다면
사랑은 언제나 고통 뒤에 왔다는 말과 같다.
처음부터 어려움 없이 쉽게 만난 사랑은 사랑의 진정한 뜻이나 그 소중함을 알지 못함으로 사랑이 쉬 식거나 깨어지고 만다.
지금 사랑 때문에 당신의 마음이 아프다면 그것은
진주조개가 한 알의 진주를 만들기 위해
가슴에 상처를 간직하는 것처럼
당신의 사랑을 아름답게 하기 위한 고통이랄 수 있다.
우리는 더 큰 이익보다 더 귀한 사랑을 위해
기꺼이 고통을 받아들이고 극복하는 용기가 필요하다.
"고통은 우리가 살아 있음을 일깨워주지만 사랑은 우리가 왜 살아있는지 일깨워준다."
드리스단 오웨인 휴스의 말이다.

오월의 아지랑이, 점점 더 붉어가는 꽃들,
가슴 울렁임, 날아오르고 싶다.
발자국 하나 남기지 않고 몸 가볍게 날고 싶다.
그렇게라도 당신에게 사랑을 전할 수 있다면
한 방울 이슬로 남겨져도 좋다.
한 점 햇살에 흔적 없이 사라져도 좋다.
사라진다는 건 미련을 남기지 않는 일이다.
사랑으로 살지 못하면 살아도 산 것이 아니다.
새로운 오월을 만나고 싶다. 당신과 함께하고 싶다.
눈 뜨면 안개 자욱한 바다, 홀로 남겨진 슬픔,
그렇다고 눈물은 보이지 않으리라.
파도에 몸 맡기면 어딘가 닿을 항구는 있듯
안개 뒤의 햇살을 믿어야 한다.
사랑은 그리워하며 찾아야 할 이름으로 남았다.
외롭다는 말을 하지 말라.
그것은 기다림이 없는 사람의 변명일 뿐이다.

"지독한 그리움"

외롭다는 것은 아직도 사랑이 있다는 것이다.
그립다는 것은 아직도 사랑이 많이 있다는 것이다.
이 밤 잠 못 드는 이여,
가슴에 남은 외로움이나 그리움 하나씩 불러내
반짝이는 별을 향해 날려 보내지 않겠는가.
별들 깜박이며 외로움에 손짓한다.
별들 반짝이며 그리움에 미소를 보낸다.
하늘의 별들 모두 땅으로 내려온 밤, 세상은 온통 별천지,
당신도 별이 되는 밤이다.
누군가를 사랑하고부터 밤은 깨어있는 시간으로 흘러간다.
간절한 사랑의 말 한마디 들을 수 있다면
눈 떠 밝히는 밤은 무엇보다 소중한 시간이다.

모두가 잠든 밤 쉽게 잠들 수 없음은 어쩌면 당연한 일이다.
하늘의 별도 저마다 누군가의 사랑과 소망으로 이름 불리듯
가슴 아프도록 사무치는 그리움은 가슴에 반짝이는 별이다.
너무 밝아 눈이 부신 햇살에도, 억수로 쏟아지는 빗줄기에도,
눈 내린 밤 먼 길을 달려와 문풍지를 흔드는 바람에도
당신이 그리워진다.
밤이 지나고 많은 날들이 흘러도
당신을 향한 그리움은 깊어만 간다.

밤이 깊었지만 깨어있고 싶다. 비 오는 밤은 더욱 그렇다.
빗방울이 창을 두드린다. 어느새 가슴의 건반은 풍금소리를 낸다.
모두가 잠든 밤에 듣는 빗소리는 어떤 음악보다도 감동적이다.
빗방울 하나씩 모여 물길을 이루며 흘러간다.
어둠의 바다로 간다. 흘러가노라면 아침의 항구에 닿을 것이다.
그곳이 사랑하는 임이 있는 곳이다.
밤이면 떠오르는 얼굴 하나 있다.
낮 동안 건물 뒤편 혹은 골목 어딘가에 숨어있던 그리움이,
목마른 말들이 생각난다.
밤이면 그리움이 고갤 들어 가슴 흔드는 것은 외로움 때문이다.
외로움은 가슴이 닫힌 낮엔 보이지 않고

가슴이 열리는 밤에만 보이는 것이다.
밤 지하철을 타고 가노라면 잊혔던 기억들이
영사기의 필름처럼 차창에 떠오른다.
낮 동안 부르지 못한 노래가 쌓여 꿈을 깨우고 있다.
가장 먼저 떠오르는 건 당신의 환한 얼굴이다.
당신을 향한 그리움 달맞이꽃처럼 피어난다.

바람 부는 언덕에서면 당신이 그리워진다.
'사랑하는 이여'하고 부르면 '바람난 이여'하고 대답한다.
우리 모두는 바람이 나고 싶다.
바람이 나고 싶은 것은 어디론가 떠나고 싶고
무언가 새로운 것을 경험하고 싶은 마음이다.
이 꽃 저 꽃을 자유롭게 날아다니는 나비가 되고 싶은 마음,
겨울날 서둘러 가볍고 예쁜 봄옷이 입고 싶은 마음,
분홍색 립스틱을 바르고 싶은 마음…
그런 마음 모두가 사랑을 하고 싶은 마음 때문이다.

"사랑에 대한 가장 큰 오해는 사랑하는 두 사람이 만나 하나가 된다는 생각입니다. 그렇지만 제 생각엔 두 사람이 만나 셋이 되는 게 사랑입니다. 사랑하는 두 사람이 함께 뭔가를 만들어 내는 게 사랑입니다. 사랑하는 동안 나머지 한쪽이 없었더라면 불가능했을 어떤 것, 새로운 세계관이든 잊을 수 없는 경험이든 진리든 뭐든 제3의 것이 태어납니다. 이것은 최초의 만남에 뭔가를 계속 덧붙일 때 가능합니다. 최초의 만남, 감탄, 호기심에 계속 뭔가를 더하는 것, 나와 뭔가가 만나 새로운 것이 태어나게 하는 것, 그것이 사랑이고 사랑하는 자의 능력입니다."6

"삶을 살게 하는 것"

사랑이란 삶을 의미한다. 사랑은 한 존재의 불꽃이다.
삶을 살게 하는 것은 빵이 아니라 사랑이다.
사랑은 위험한 것이기도 하다.
그러나 아무리 위험하다해도 사랑을 선택하기를 권한다.
사랑 안에서는 단 한순간도 영원과 같기 때문이다.
사랑 없이는 영원히 산다 해도 무덤과 다를 바 없다.
사람들은 사랑을 즐거움이나 쾌락으로 생각하기도 한다.
하지만 사랑은 그 이상의 것이다.

우리는 많은 만남을 더하며 인생을 살아간다.
순간을 스치고 지나는 만남도 있겠지만 마음으로 하나 되는
깊숙한 만남은 우리를 살게 하는 힘이 된다.

당신에게 묶이고 싶다. 당신의 햇살로,
당신의 그늘로 당신의 한 부분이고 싶다.
당신 곁에 영원한 종으로 남고 싶다.
누구를 위해 죽을 수 있을 만큼 몸과 마음을 다한다는 것,
그것에는 어떤 계산이나 거짓이 존재할 수 없다.
자신의 모든 것을 한사람에게 바치는 마음,
그것을 사랑이라 부른다.

사랑은 신비한 눈을 주었다. 모든 것이 새로운 모습으로 보인다.
보이는 모든 것들이 환한 미소로 다가오고
들리는 모든 소리들이 아름다운 음악으로 귀를 연다.
아침이면 하루를 시작하는 사람들에게
희망의 말 한마디 전하고 싶다.
저녁이면 피곤에 지친 사람들에게 위로의 말 한마디 나누고 싶다.
어디서든 어느 때든 만나는 사람들에게
사랑의 말 한마디 들려주고 싶다.
모든 것을 주고 싶고 모든 것을 나누고 싶고
모든 것과 함께하고 싶다.
사랑이 무엇이기에 이토록 삶을 바꿀 수 있는 것인지
사랑이 진정 무엇이기에 이토록 세상을 변화시킬 수 있는 것인지…

"하루를 사랑으로 시작한다는 것은 아침에 일어날 때 가슴을 열면서 삶의 구석구석을 사랑으로 가득 채우겠다고 결심하는 것이다. 사랑으로 하루를 사는 것은 사랑과 인내심과 친절과 관용의 마음으로 살겠다고 결심하고 거기에 따른 선택과 행동을 하는 것을 뜻한다. 사물을 전체로 파악하고 작은 일을 개인적으로 받아들이지 않으려 하고 전체의 비율을 깨뜨리지 않으려는 태도가 그것이다. 그렇게 되면 타인과 자신의 못마땅한 점에 너그러워질 것이다. 하루를 사랑으로 사는 것은 가능할 때마다 너그러워지고 타인을 칭찬하고 겸손하고 진지해지는 것을 의미한다. 하루를 사랑으로 끝내는 것은 하루를 반성하고 감사한 마음을 갖는 것을 뜻한다."[7]

별 사랑

별 하나가
수백 광년을 달려와
눈앞에서 안녕, 한다
순간 마음의 조리개
찰칵 열렸다 닫힌다
나도 밤낮 없이 달려가
누군가의 가슴에
별 하나로
빛나고 싶다

I love you

"소중한 이름"

당신을 만나기 전 가슴은 황량한 빈 들판이었다.
사랑을 알기 전 가슴은 삭막한 겨울포구였다.
당신을 만나고 나서 계절은 초록으로 물 들고
배들은 만선의 꿈을 안고 출어를 나선다.
사랑을 알고 나서 가슴엔 꽃들이 자랑처럼 피고
새들은 다투어 노래를 한다.
당신을 만나고 당신을 사랑하고부터
나의 존재와 운명은 한순간에 바뀌었다.
사랑이 가슴 가득 고이고 있다.
입을 열면 한숨으로 새버리거나 풀씨처럼 흩날려버릴 것만 같아
그저 눈으로만 말할 수밖에 없다.
'당신을 사랑합니다.'라고,

사랑은 언제부턴가 늑골 깊숙이 자리하고 있었나보다.
사랑은 어느 날 운명처럼 눈앞에 섰다.

사랑을 온전히 생명처럼 받아들이지 못하고
오랫동안 낯설게 살았다.
사랑은 나를 살게 했지만 나는 사랑을 외면했다.
시간이 가고 당신의 모습 희미해지고 멀리한 사랑으로 당신도 떠나고
가슴에 남은 그리움마저 꿈인 듯 아득할 때
비로소 떠나보낸 사랑으로 오래 잠 못 드는 밤을 보내야 한다.
사랑은 피해갈 수도 돌아갈 수도 질러갈 수도 없다.
잊어버릴 수도 잃어버릴 수도 없다.

당신을 기다리다 오늘 하루도 지나갔다.
기다리는 당신은 오지 않고 빗소리, 바람소리, 강물소리,
소리 소리들만 가슴을 흔들고 갔다.
기다림은, 약속 없는 기다림은 멀기만 한데
기다림으로 지친 가슴은 아득한 길 되어 목마른 갈증으로 애탄다.
당신이 남기고 떠난 '사랑'이란 한마디 말의 의미가
감옥처럼 나를 가두고 족쇄처럼 나를 묶었다.

지난 밤 뒤척이던 잠 속에서 꿈처럼 당신의 발소리 들었던가.
당신의 모습 보았던가.
오늘도 길 위에서 서성이며 하루를 보냈다.
당신은 어디에서 또 다른 추억을 만들고 있기에
소식조차 없는 것인가.

시간이 흐르고 환경이 달라지면 사랑도 변한다고 한다.
잠시 나뭇가지에 앉았다 날아간 새 한 마리의 짧은 몸짓도
사랑이라 할 수 있을까?
세상엔 한순간의 기쁨을 위해 주고받는
사랑이라는 이름이 너무 흔하다.
그래서 사람들은 이별도 서러워하지 않는다.
시간의 길고 짧음으로 사랑이 참이냐 거짓이냐를
판가름 하는 시대는 오래 전에 끝났다.
그래도 사랑은 소중한 이름인 것만은 틀림없다.
사랑이라는 이름을 한 때의 기쁨이나
어떤 이익을 위해 사용하지는 말라.
그것은 사랑하지 않는 것보다
사랑을 더 부끄럽게 하는 일이기 때문이다.

그리움이 바위와 계곡을, 숲과 강을 건너는 길을 만들었고
길은 다시 나무와 집과 사람들이 있는 곳으로 연결된다.
갈라져 흐르던 물이 서로 가까워져 하나로 흐른다.
모든 것이 길을 따라 흐른다.
길을 따라 사랑하는 사람에게로 가고 길을 따라 그리움에 닿는다.
눈에 보이는 길만이 길이 아니다.
세상엔 많은 길이 있듯 삶에도 길이 여럿 있다.
마음 속 길을 만들어야한다.
마음속에 길을 갖고 있는 사람은
누군가를 사랑하고 있어 홀로 고독하지 않다.
많은 사람이 넓고 편한 길을 원하면서 마음은 닫고 담장을 높인다.
누구도 정성과 땀 흘려 길을 내려고 하지 않는다.
남이 닦은 길로 쉽고 편하게 가려 한다.
사랑을 위해 길을 만들고 사랑하는 사람을 만나기 위해
먼 길을 갈 수 있어야 한다.

"이해할 수 없다면"

"사랑은 신념화해야한다." 릴케의 말이다.
모든 사랑은 사랑한다는 감정에서 출발한다.
그러나 그 감정을 신념화하지 않으면 안 된다.
그것은 인간의 감정만큼 변하기 쉬운 것이 없기 때문이다.
사랑의 감정 또한 다르지 않기에 신념화하는 것만이
그 사랑을 오래 지킬 수가 있다.
사랑한다는 것은 서로 이해한다는 것이다.
이해할 수 없다면 사랑할 수가 없다.
이해하기 위해서는 상대방에게 진실 되지 않으면 안 된다.
그래야만 그 진실을 바탕으로 서로의 사랑에 대한
확실한 믿음이 생기기 때문이다.
사랑을 위해서는 노력도 해야 하고 용기도 있어야 한다.

사랑한다는 것은 시비(詩碑)에 새겨진 시 구절처럼
상대의 가슴에 지워지지 않도록 사랑을 깊이 새기는 일이다.

사랑엔 고통이 따른다.
한 사람을 진정으로 사랑하게 되면
필연적으로 따르게 되는 것이 고통이다.
그 고통을 외면하거나 두려워하면 고통 그 자체만 남고
그 고통을 정면으로 맞서 받아들이고 극복하는 사람은
사랑을 자신의 소중한 인생으로 만든다.
사랑의 고통은 그 사랑을 소중하고 아름답게 하기 위해
거쳐야 할 과정이다.
많은 이들이 고통의 고비를 넘지 못하고
고통 앞에서 포기하고 만다.
그리곤 아파하고 절망하고 분노한다.
고통을 통해 만난 사랑은 비로소 그 고통이
사랑을 위해 필요한 것임을 알게 된다.

"사랑이 그대들을 부르면 그를 따르라. 비록 그 길이 험하고 가파를지라도, 사랑의 날개가 그대들을 싸안을 땐, 전신(全身)을 허락하라. 비록 사랑의 날개 속에 숨은 칼이 그대들을 상처받게 할지라도, 사랑이 그대들에게 말할 땐 그 말을 믿어라. 비록 북풍이 저 뜰을 폐허로 만들 듯 사랑의 목소리가 그대들의 꿈을 흩트려놓을지라도, 왜? 사랑이란 그대들에게 영광의 관을 씌우는 만큼 또 그대들을 괴롭히는 것이기에, 사랑이란 그대들을 성숙시키는 만큼 또 그대들을 베어버리기로 하는 것이기에, 사랑은 심지어 그대들 속의 뿌리로 내려가 대지에 엉켜있는 그것들을 흔들어 대기로하는 것이기에. 8

사랑 때문에 애태우고 기뻐하고 고통스러워할게 틀림없다.
밤마다 뒤척이며 잠 못 이룰는지도 모른다.
누군가를 진실로 사랑할 때도, 그리움으로 마음을 아프게 할 때도
들려주고 싶은 것은 '사랑한다.'라는 말이다.
그러나 그 하고픈 말을 참을 수 있어야 한다.
사랑하는 마음을 그가 알지 못할까 걱정할 필요가 없다.
눈빛만 봐도 사랑을 단번에 알 수 있기 때문이다.
그러므로 표현하고 싶은 것을 가슴에 둘 때
그 사랑은 소중하고 진실한 것이 된다.
사랑은 한마디 말보다 때로 가슴에 간직함이
훨씬 순수하고 아름다울 수 있다.

사랑은 정면에 서는 게 아니라 옆에 서는 것이다.
옆에 서서 서로에게 간격과 틈을 허락하고,
그 사이로 들고 나고 스미는 숨결을 바라보고 듣는 일이다.
그게 바로 사랑이다.

“마음을 물들이는”

사랑만이 사랑을 깨울 수가 있다.
지금 사랑이 보이지 않는다고,
사랑을 알지 못한다고 가슴 아파할 필요는 없다.
분명 가슴 어딘가에 싹 틔우는 사랑이
혹은 오래전 사랑이 잊힌 채 있을 것이다.
그 사랑을 키우고 깨우라.
사랑을 만나게 하는 일은 무언가를,
누군가를 먼저 사랑하는 일이다.
그럴 때 비로소 당신의 가슴속 사랑은 꽃을 피울 것이다.
사랑은 눈에 보이거나 만져지는 것이 아니기 때문에
사람들은 사랑을 알지 못하고 사랑이 없다고 쉽게 생각해 버린다.
사랑은 스스로 사랑할 때만 알게 되고 사랑 속에 살게 되는 것이다.

누구나 가슴속에 사랑을 간직하고 있다.
그러나 무엇도 사랑하지 않고 아무도 사랑하지 않으므로
사랑 없는 외롭고 우울한 삶을 살게 되는 것이다.

높고 강한 소리보다 낮고 무거운 소리가 멀리 가는 법이다.
격정적인 것보다 은근한 것이 오래고 쉽게 변하지 않는다.
불같은 사랑보다 시간을 두고 마음을 물들여가는 사랑이
변하지 않고 오래간다는 뜻이다.
순간의 흔들림에 마음을 주기보다 기다림 속에서
멀리 보는 자세가 필요하다.
그러나 지금 시대 사람들은 사랑을 위해 끝없이 헌신하거나 오래 기다려 주지 못한다.

더 빠르고 더 뜨거운 사랑을 원한다.

그렇게 만난 사랑(?)은 쉽게 식고 빠르게 끝나버린다.

사랑은 신뢰의 다른 이름이다.

쉽게 변하거나 쉽게 포기하는 것은 진실 된 사랑이 아니기 때문이다.

사랑은 삶 전부를 걸만큼 귀하고 소중한 것이어야 한다.

누군가를 사랑한다는 것은 그 사람을 진정으로 알아가는 것이고,

있는 그대로의 그 사람에 대해 감사하는 것이다.

그 사람의 평범함과 실패 그리고 그 사람이 지닌 장엄함을

이해하고 감사하는 일이다.

그 사람은 세상에 단 하나밖에 없는 존재이기 때문이다.

불면의 밤을 뒤척이며 무엇 때문에 내가

이 삶을 계속해야하는지를 몰라 했던 그 모든 날들,

사랑은 떠나고 꿈도 아득했던 시절,

존재의 허무로 조금씩 삶을 낭비했던 지난 한 때를 기억한다.

이제 다시는 사랑할 수 없으리라는,

가슴에 둘 수도 이름을 부를 수도 없어 절망했던 날들,

그 젊은 한 때의 시절, 홍역처럼 치렀던 시간을 기억한다.

그러나 사랑은 외면하거나 떠나지도 않았고

변함없이 자리해 있었다.

사랑이 없다고 부정하는 사람의 눈엔 사랑이 보이지 않고
사랑이 떠났다고 절망하는 사람의 가슴엔
사랑을 느낄 수 없을 뿐이다.
겨울 지나고 봄 오면 어김없이 꽃은 피고 나무가 키를 키우듯
어느 날 사랑을 만났고 다시금 아픔을 딛고 일어섰고
뜨겁게 사랑을 했고 이렇게 행복으로 가슴에 살아있다.
사랑은 생명이며 운명이며
사랑은 한 존재의 모든 것임을 믿는다.

정호승님의 「사랑하다 죽어버려라」라는 시에
아래와 같은 구절이 있다.

"………

사랑하기 때문에 죽음은 아름답다
오늘 내가 꾼 꿈은 네가 꾼 꿈의 그림자일 뿐
너를 사랑하고 죽으려 가는 한 낮
숨은 별들이 고개를 내밀고 총총히 우리를
내려다본다.
………"

역사에든 문학에든 영화에서든 뜨겁게 사랑하다
죽음으로 안타깝게 이별하는 모습들을 본다.
죽음에 의한 이별은 슬프지만 생각해보면
사랑하다 죽는 것만큼 행복한 이별은 없다.
어떤 사람은 가슴에 미움만 남긴 채 죽는 사람도 있고
어떤 사람은 분노로 가슴이 까맣게 탄 채 죽는 사람도 있고
또 어떤 사람은 쓸쓸히 사랑을 알지 못한 채 죽기도 한다.
뜨겁게 누군가를 사랑하다
어느 날 문득 생의 끝 날을 맞을 수 있다면
그것처럼 행복한 삶은 없을 것이다.
사랑하라. 어느 날 세상과 안녕할 때

사랑하는 마음과 함께 할 수 있도록.

사랑이라는 그릇은 아무리 퍼내도 채울 필요가 없다.
퍼내는 즉시 가득 고이는 샘물 같은 것이기 때문이다.
사랑 안에서는 모든 날카로움이 무뎌지고
모든 매듭이 풀리며 모든 미움이 녹아내린다.
사랑은 물건처럼 누구에게 주었다고 없어지는 것이 아니다.
주면 준만큼 어느새 가득 차는 것이 사랑이다.
사랑이 많은 사람의 얼굴엔 언제나 미소가 가득하고
눈은 맑고 손은 따뜻하다.
어느 외국 사람이 우리나라 사람들은 모두
화 난 표정을 짓고 있는 것 같다고 말을 한 기억이 난다.
그것은 사랑은 알되 사랑을 주지 못하고
사랑을 표현하지 못하기 때문이다.
오늘 당장 사랑을 주는 사람이 되어보라.
당신의 하루가 변하고 당신의 삶 전체가 변하게 될 것이다.

"고독한 들판에 서서"

"사랑엔 쾌락보다는 오히려 인내가 더 많으며 유희보다는 오히려 노동이 더 많고, 기쁨보다는 오히려 애린이 더 많다는 것을 알기 위해서는 성숙한 영혼이 필요하다."
김승희님의 글 중에 나오는 말이다.
얼마나 많은 이들이 사랑 없는 가슴으로
사랑이라는 달콤한 향기에 취해 사랑의 진실은 알지 못한 채
긴 날을 아파하며 눈물 흘리는지.
사랑을 위해서는 때로 모든 것으로부터 떠나
고독한 들판에 홀로서야 한다.
그리움의 밤 깊을수록 사랑의 맹세를 더 굳게 가슴에 새겨야 한다.
쉽게 만나고 쉽게 마음을 주고 쉽게 이별하고
쉽게 미워하는 것이 사랑의 모든 것이라고 믿는,

사랑의 고귀함을 알지 못하는 삶은 또 얼마나 많은지…
지난 날 당신을 만나지 못했던 들
어찌 당신을 그리워 할 수 있을까.
사랑하는 사람이여. 당신은 나의 길이다.
그 길을 걸어 당신에게 가고 싶다.

"'영원히 계속되는 것'이라는 정의에 해당되는 것은 사랑밖에 없다. 다른 것은 모두 변천이 되어가고, 의미가 없는 허무한 것이다. '두려움'이라는 감정은 우리들의 인식을 왜곡시키고, 혼란시키기 때문에 우리들은 지금 일어나고 있는 것을 있는 그대로 볼 수가 없게 된다. 사랑이란 두려움이 전혀 없는 상태를 말한다. 사랑은 아무 것도 묻지 않고 자연스럽게 퍼지고 뻗어나가는 것으로서, 비교하거나 측량하거나 하지를 않는다. 사랑이야말로 우리들에게 아무 것도 가져다주지 않는 '무'에 지나지 않는다. 인간은 항상 사랑을 구하고 있지만, 무의식적으로 사랑을 두려워하고, 그것을 스스로 멀리해버리는 일이 있다. 그 때문에 사랑이 그곳에 있는데도 마치 사랑의 존재가 보이지 않고, 그 속삭임도 들리지 않는 듯한 행동을 취하게 된다."[9]

"마음 안에 있을 때 사랑은 존재한다. 마음이 사라지고 나면 사랑은 없어지고 생활만이 남게 된다. 마음은 스스로 일으키며 마음은 타인에게 전할 때 더욱 아름답다. 마음은 닦을 때 맑고 쓸 때 빛난다. 마음이 굳게 닫혀있으면 꿈이 없고 꿈이 없으면 어디든 도달할 수 없다."
무라카미 하루키의 글 중에 나오는 말이다.
당신 마음을 잃어버린 채 살고 있지는 않는가?
하루하루 살아가는 일이 무의미하게 느껴진다면
그건 사랑 없는 가슴으로 살기 때문이다.
사랑 있는 가슴만이 꿈을 가질 수 있고
꿈이 있는 시간으로 삶이 아름다울 수 있다.
가슴의 창을 열라.
사랑이 보이지 않는다 생각되거든 먼저 씨를 뿌려 꽃 피게 하라.
그래서 벌 · 나비가 찾게 하라.
가슴에 향기가 있는 사람만이 사랑을 할 수 있다.

"오직 한 사람"

따스한 봄볕을 쬐고 있으면 눈물이 난다.
슬퍼서라기보다 그리운 것이 많아서이다.
기다리는 사람도, 찾아갈 누구도 없지만
약속이나 있는 것처럼 거리로 나선다.
사람들은 어디론가 흘러들 가고 있고
혹은 하염없이 누군가를 기다리고 있고
더러는 만남으로 미소를 띠며 행복한 시간 속에 있다.
봄볕으로 따뜻해진 가슴은 가벼운 흥분으로 떨린다.
늘 그랬던 것처럼 가슴에 아쉬움이 남을 테지만
아지랑이는 자꾸만 마음을 간질이고
닫힌 가슴은 약속처럼 문을 연다.

누구에게나 첫사랑은 있다.
혼자만의 가슴앓이를 했을 첫사랑이 있을 것이고
어느 정도 진도가 나갔다 이별한 첫사랑도 있을 것이다.
첫사랑은 남에게 들키고 싶지 않은 혼자만의 보물처럼
가슴에 둘 때 아름다운 법이다.
그것을 입 밖으로 낼 때 그 애틋함은 사라지고
현재의 사랑마저 불안해진다.
사랑은 진실해야 한다고 해서 마음속 비밀을
다 드러내 보이는 건 어리석은 일이다.
사랑은 현재의, 이순간의 사랑이 중요하다.
현재의 사랑에 마음을 다할 때 첫사랑은 보석처럼 남는다.
처음 만났을 때를 생각해보자.
서로에 대한 운명적인 사랑을 처음 느끼고 깨달았을 때의
그 마술적인 순간을 기억하는가?
처음으로 손잡았을 때 손바닥을 통해
찌르르 전해오던 전기 같은 충격은? 첫 키스는?
영원히 함께 있고 싶어 하던 뜨거운 열망은?

"현대인들은 사랑을 매력적인 상대를 만나 감정이 타오르게 된 상태라고 생각한다. 그러나 이는 멋진 대상을 만나기만 하면 저절로 좋은 그림이 그려진다고 착각하는 것과 같다. 좋은 작품을 만들기 위해서는 부단히 그림 실력을 연마해야 하듯 진정한 사랑을 하려면 노력이 필요하다. 나아가 사랑은 자기 수양을 통해 온전하게 홀로 설 수 있을 때만 비로소 온전해질 수 있다. 내 욕구를 채워줄 수단으로 사랑의 상대를 찾고 있다면 사랑은 마약과 같은 고통일 뿐이다. 진정한 사랑은 '오직 그 사람만을' 사랑하는 게 아니다. '그 사람을 통해서' 세상의 모든 이들을 포용할 수 있게 되는 게 진실한 사랑이다."[10]

추억만으로 가슴이 뛰는 이유는 무엇일까.
그것은 더러는 빛바래지 않은 그리움으로 남고
더러는 기억 저편으로 사라진 이름들 때문이다.
흑백사진으로 남은 지난 시간이
따뜻함으로 가슴에 살아있는 이유는 무엇일까.
유년의 기억 속에 남은 벌거숭이산은 이제 푸른 잎으로 우거졌지만 어디에도 쉴 안식처는 없어라.
할머니 댁을 찾아 넘던 아득한 고갯길도
지금은 그저 나지막한 언덕으로 남아 어느새 훌쩍 커버렸다.
지난날 걷던 길을 또 누군가가 걷겠지만
이제 아련한 추억은 함께하지 못한다.
흐르는 물처럼 시간은 그렇게 흘렀고
지난 시절로 다시 돌아갈 수 없어 마음만 길 위를 서성인다.

"저렇게 많은 중에서
별 하나가 나를 내려다본다.

이렇게 많은 사람 중에서
그 별 하나를 쳐다본다.
 -중략-
이렇게 정다운
너 하나 나 하나는
어디서 무엇이 되어
다시 만나리."

김광섭님의 시 「저녁에」중의 부분이다.
하늘의 많은 별들, 세상의 많은 사람들,
이 밤에도 당신처럼 별을 보고 있는 사람이 있다.
수많은 사람 중에 오직 한사람을 만나
사랑하고 함께 먼 길을 떠난다.
이것은 실로 수천 만 분의 일의 인연이다.
그래서 서로는 별처럼 소중하고 사랑은 별처럼 빛나야 한다.
언제 어디서 꿈처럼 만나게 될 오직 한사람을 그리며
그 사람은 오늘도 밤하늘의 별을 보고 있는지도 모른다.

"힘들고 외로울 때"

자기 자신을 먼저 사랑하도록 하라.
자신을 사랑하지 않고는 남을 사랑할 수 없다.
이는 공주병이나 왕자병과는 다른 문제이다.
사랑이라는 것은 진실한 마음, 고귀한 마음을 말하며
사랑의 기쁨은 직접 체득하지 않으면 느낄 수 없는 것이기 때문이다.
자신을 삶을 사랑할 수 있는 사람만이 타인의 삶을 사랑할 수 있고
자신의 존재를 긍정할 수 있는 사람만이
타인의 존재를 긍정할 수 있다.
사랑하라. 함께 살아가는 이들을 사랑하고
나무 한 그루, 풀 한 포기, 새 한 마리까지도 사랑하라.
사랑하는 사람만이 사랑 받을 수 있다.
힘들고 외로울 때 누가 아무도 위로해주지 않을 때

스스로 자기 자신을 위로하라.
두 팔로 자신을 꼭 안으며 이렇게 말하라.
'다 잘 될 거야…'
휘트니 휴스턴의 노래 중에 이런 구절이 있다.
"자기 자신을 사랑하는 법을 배우는 것이 모든 사랑 중의 으뜸이다.
(Learning to love yourself is the greatest love of all)"

사랑을 하면 두려움이 없어진다고 한다.
모든 방해물과 혼란이 사랑 속에 녹아버리기 때문이다.
사랑에 대해 두려움을 느낀다면 그것은 진실로
사랑의 감정이라 할 수 없다.
그것은 사랑처럼 보이는 거짓일 뿐이다.
사랑하는 마음이란 두려움이 없는 상태를 말한다.
우리의 사랑은 항상 질투와 미움이라는 장애에 둘러싸여
있기 때문에 사랑과 멀어지는 결과를 낳기도 한다.
그러면 다른 사람의 사랑까지 불신하거나 비난하게 된다.
사랑은 비교하거나 측량할 수 없는 것이다.
사랑을 처음 시작 할 때는 누구나 조심스러워지지만

사랑에 한발 들어서면 사랑은 강하게 마음을 당긴다.
사랑을 하게 되면 두려움은 사라지고
세상은 따뜻하게 아름답게 다가온다.
"사랑은 청해서는 안 되는 거야. 요구해서도 안 되지. 사랑은 우리 내부에서 확신에 도달하는 힘을 지녔어. 그것은 끌려오는 것이 아니라 끌어당기게 되는 힘이야."
데미안 중에 나오는 말이다.

축복이란 쟁취하는 것이 아니라 남을 위해서
나를 온전히 버릴 때 주어지는 선물이라고 했다.
자신의 모든 소중함과 진실함을 상대에게 줄 때만이

사랑을 만날 수 있다.
상대에게 주는 것을 통해
상대로부터 어떤 대가를 기대해서는 안 된다.
그것은 상대방에게 진실 되지 못함으로 비춰질 수 있다.
주고받는 일이나 배품에 대한 보답은 당연한 것이겠지만
자신이 어떤 것을 주면 상대가 무엇을 줄 것이라고
미리 마음을 정하는 일은 옳지 않다.
특히 사랑에서는 더욱 그렇다.
자신의 것을 주는 것으로 만족할 때 돌아오는 선물은 큰 기쁨이 된다.
사랑하라.
당신이 오직 누군가를 위해 살고 싶다는 그 마음만으로…

"참된 사랑은 삶 그것이다. 다만 사랑하는 자 만이 살고 있는 것이다."
만일 당신이 인생에서 중요한 일이 사랑이라는 것을 깨닫게 된다면
당신은 누구를 사귈 때 상대가 어느 점에서 자신에게
이익이 될 수 있느냐는 것이기 보다
자신이 어느 점에서 상대에게 도움이 될 수 있느냐를
먼저 생각해야 할 것이다.
그렇게 함으로 당신은 자신의 작은 이익보다
상대의 큰 이익을 먼저 생각하는 사랑 있는 삶을 살게 될 것이다.

"바라보는 그것"

"큰 슬기를 지닌 사람은 언제나 온유하고 작은 슬기를 지닌 사람은 언제나 급급하다. 훌륭한 말이란 말씨가 거침없이 흐르고 못된 말이란 쓸데없이 수다스럽다."

「장자」편에 나오는 말이다.

우리는 연애기간 즉 사랑을 확인하는 시간은
상대를 관찰하는 시간이기도 하다.
그러나 사람들은 상대에게 잘 보이려고만 하고
자신의 단점은 감추려고 한다.
그래서 많은 사람이 결혼 후 달라졌다고들 말한다.
자신을 진실하게 보여주고 맑은 눈으로 상대를 보려하면
거짓은 눈에 보이기 마련이다.
세상에 완전한 상대란 없다.

그러나 장점이 더 많은 상대를 선택해야 한다.
평생을 함께 할 사람이라면…
이 세상에 완벽한 사람은 없다.
단지 성숙한 사람이 있을 뿐이다.
인격적인 성숙은 자아개념이 분명하고
있는 그대로의 제 모습을 수용하고,
그것을 발전시키는 사람에게 주어지는 선물이다.

모든 것이 너무 빠르게 변화하는 세상에서 그래도 사랑만큼은
좀 더 깊이 생각하고 결정할 필요가 있다.
그래서 존 모피트의 시 「민들레를 사랑하는 법」은
우리에게 많은 것을 생각하게 한다.

"만일 당신이 어떤 것에 대해 알고자 한다면
그것을 오랫동안 바라보아야한다.
나무를 바라보면서
'이 나무에 봄이 왔다'라고 말하는 것으로는
충분하지 않다. 당신은

당신이 바라보는 그것이 되지 않으면 안 된다.
양치식물의 꼬불거리는 잎사귀와
검은 줄기가 되어야하고,
잎사귀들 사이 작은 침묵 속으로
들어갈 수 있어야한다.
시간을 충분히 갖고
그 잎사귀들이 꺼내 보이는
평화로움을 만질 수 있어야한다."

"결혼하기 전에는 두 눈을 뜨고 살펴보고, 결혼하고서는 한 눈을 감고 살라."는 말이 있다.
배우자는 신중하게 선택해야하나 결혼을 했으면
서로의 허물을 덮어주고 용서하며 사는 것이 지혜롭다는 것이다.
그러나 대다수의 사람들은
사랑이란 미명하에 눈이 먼 채 결혼을 결정하고,
결혼 후에는 눈이 뜨여 후회와 체념으로 살아가는 것이 현실이다.
남자와 여자는 서로 다른 점들을 보완해서 완전해지는 것이다.
우리가 결혼의 목표로 삼고 있는 것이 그것이다.
서로 경쟁하는 것이 아니라 서로 보완하는 것,
서로 다른 점을 축복으로 여기고 감사하는 것이다.
결혼이란 사랑하는 사람과 함께 할 수 있는

꿀 같은 달콤함이기도 하지만 실제로는 그보다 훨씬 더 큰 상대방에 대한 봉사라 할 수 있다.
그리고 사랑은 상대를 먼저 배려하는 마음이기도 하다.
결혼은 그러한 배려를 실천할 수 있는 기회를 제공한다.

우리나라 민요 중에 나이에 따라 달라지는 부부의 금슬을 읊은 '부부요(夫婦謠)'라는 노래가 있다.
"열 살줄은 서로 멋모르고 살고, 스무 줄은 서로 좋아서 살고, 서른 줄은 눈코 뜰 새 없이 살고, 마흔 줄은 서로 못 버려서 살고, 쉰 줄은 서로 가엾어 살고, 예순 줄은 서로 고마워서 살고, 일흔 줄은 등 긁어줄 사람 없어서 산다."
그렇게 서로 미운 정 고운 정 들이며 함께 늙어가다가 한 무덤에 묻히는 것이야말로 가장 이상적인 부부상으로 꼽았다.
시대가 변한만큼 사랑과 부부관계가 지금과는 많이 다르지만 너무 가벼운, 편협한 사랑에 대해 다시금 생각해보는 물음은 될 수있으리라.

"인내와 희생"

어리석은 사람은 필요치 않는 곳에 돈을 쓰고
필요한 곳에는 돈을 쓰지 않는다.
사랑도 이와 같다.
다음과 같은 속담이 있다.
"오르지 못할 나무는 쳐다보지도 마라."
"백 번 찍어 안 넘어가는 나무는 없다."
이 속담만 믿고 미리 체념해버리거나
막무가내로 돌진하는 사람이 있다.
사랑이란 마음과 마음의 결합이다.
오래도록 함께해야 할 사랑이라면 순간의 감정으로 사랑을
판단하기보다 자신에게 어울리는 사랑을 만나기위해서라도
인내와 희생이 필요하다.

"사랑은 모든 속박으로부터의 자유이다. 사랑은 우리의 머리로 만들어 낼 수 없으며, 우리들의 육체로도 만들 수가 없다. 사랑은 사랑자체의 순수함 속에 존재하고 사랑 자체 때문에 빛난다. 연못에 활짝 핀 연꽃은 남의 시선을 끌려고 애쓰지 않더라도 모든 이의 눈길을 끈다. 가슴의 연못에서 사랑의 연꽃이 활짝 피어나면 모든 이들이 그 연꽃을 보고 느낄 수가 있으며 꿀을 따러오는 벌들처럼 찾아온다. 사랑이 그대의 가슴속에서 자라도록 하라. 마음이 순수해질수록 더 많은 사랑이 솟아날 터이고 그러면 어느 날 그대는 사랑과 하나가 되리라." 11

고독에서 벗어나는 유일한 방법은 더 큰 고독 속으로
뛰어드는 방법밖에 없다.
당신이 사랑 때문에 상처를 입었다고 생각하면
그 상처를 치유하기 위해서라도 더 뜨거운 사랑을 할 수밖에 없다.
그것은 이열치열, 즉 추위를 잊기 위해선 더 춥게,
더위를 잊기 위해선 더 덥게 하는 이치와 같다 할 수 있다.
슬플 때 슬픔을 참기보다 펑펑 울어버리는 것이
오히려 가슴이 후련해지고 슬픔을 지우는 방법이다.
어차피 우리는 사랑으로 상처를 입었다 해도

사랑하며 살 수밖에 없다.
사랑을 멀리하거나 외면하기보다
사랑 속에 몸을 던져 사랑의 기쁨을 만나야 하리라.
사랑은 불같이 뜨거운 것이어서 그 뜨거움으로
상처를 입는 것은 어쩌면 당연하다.
상처를 아파하기보다 그 상처에 꽃 피우는 일이 필요하다.

사랑 있는 식탁의 나물반찬은 사랑 없는 식탁의 고기반찬보다
낫다는 말이 있다.
우울하거나 외로울 때 식사를 해본 적이 있을 것이다.
입 속에서 씹히는 것들이 모래알처럼 생각되었을 것이다.
맛은 혀에서 느껴지는 것이 아니라
마음에서 느껴진다는 말이 맞는 것 같기도 하다.
진수성찬으로 차려진 식탁이라도
사랑이 없는 식탁은 가난한 식탁이며
가난한 식탁이라도 사랑이 가득하면 그것이 바로 진수성찬이다.
집으로 돌아가 사랑 있는 식탁을 꾸미길 바란다.
사랑하는 사람과 함께하는 식사는 물 한 그릇
간장 한 종지로도 꿀맛일 수가 있다.

“무엇이 되는 일”

“내가 그의 이름을 불러 주었을 때
그는 나에게로 와서
꽃이 되었다.
………”

김춘수님의 「꽃」이라는 시의 부분이다.
내가 그에게 사랑한다고 말했을 때 그가 나에게로 와서
사랑하는 사람이 되는 이름이다.
사랑을 하게 되면 가슴 설레는 기다림과 잠 못 이루는 밤과
불꽃처럼 타는 가슴의 열정과 때로 가슴 적시는 눈물과
끝없는 목마름과 세상을 다 가진듯한 희열을 느끼게 된다.
그것은 자신 외에 또 한사람,

누군가를 자신의 생명처럼 사랑하게 되는
엄청나고도 신비로운 세계로의 여행이기 때문이다.
그래서 누군가를 사랑하게 되면 자신의 이름보다
사랑하는 사람의 이름을 더 간절하게 부르게 된다

사랑하는 사람에게서 사랑 받지 못한다는 것은 괴로운 일이다.
사랑하지 않는 사람에게서 사랑의 대상이 된다는 것은
더욱 괴로운 일이다.
사랑은 손뼉 치는 일과 같다.
사랑은 주는 것이지만 남녀 간의 사랑만큼은 주고받는 것일 수 있다.
때로 마주쳐주는 손 없는 혼자만의 사랑일 때도 있을 것이다.
고무신도 짝 있다는 말 있듯이 어디에선가
마주쳐주는 손이 있을 것이다.
처음 반쪽으로 태어나 다른 반쪽을 찾아 하나가 되는 일이 사랑이며
온전한 삶인 것이다.
노력하라. 노력하지 않고 사랑을 말하기보다
노력해보고 사랑을 얘기하는 것이 옳은 일이기 때문이다.
알베르 카뮈는 말한다.

"사랑받지 못하는 것은 불운에 지나지 않는다. 그러나 사랑하지 않는 것은 불행이다. 우리는 지금 그 불행의 늪에 빠져있다."

"남자란 최초의 키스는 완력으로 빼앗고 두 번째의 키스는 달래며 얻어내고 세 번째의 키스는 으스대며 요구하고 네 번째의 키스는 태연히 받아들인다. 그리고 다섯 번째의 키스는 마지못해 응해주고 그 다음부터는 모든 키스를 귀찮게 받아들이는 변덕쟁이다."
헬렌 로란드의 말이다.
여자여 함부로 입술을 허락하지 말라.
여자의 입술은 열리지 않을 때가 아름다운 법이다.
활짝 핀 꽃은 지는 일만 남았지만
아직 꽃잎을 열지 않은 꽃봉오리는
지니고 있는 향기와 보여줄 아름다움으로
많은 이들의 사랑을 받게 된다.

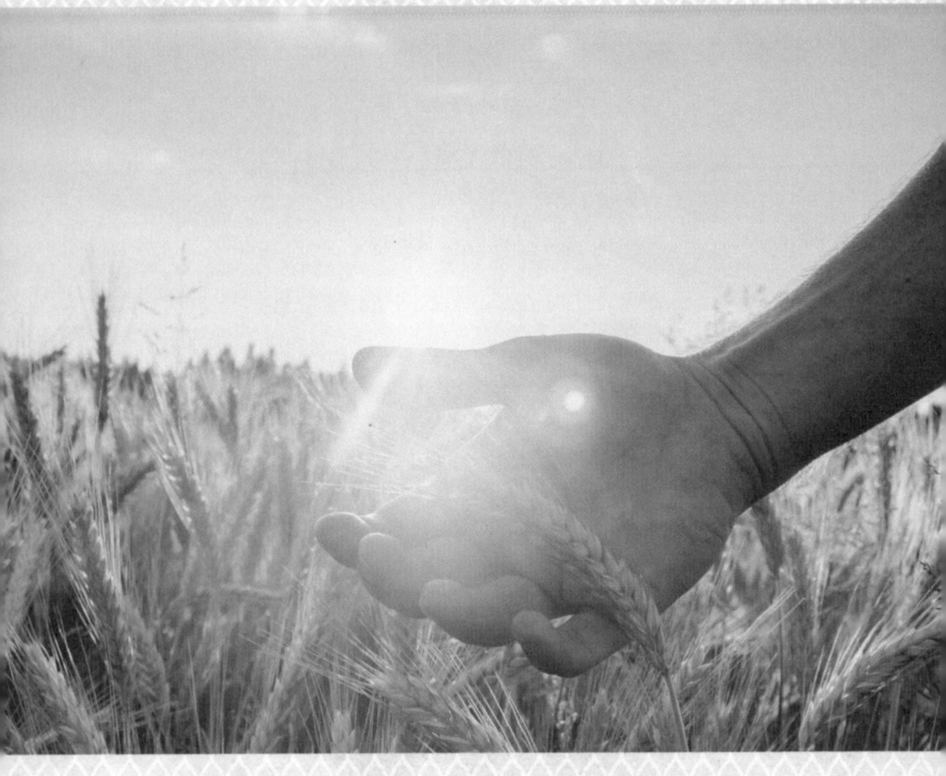

"대다수의 사랑은"

사랑은 어느 날, 어느 순간 약속 없는 길손처럼 찾아온다.
사람들은 이 기회를 단순한 일상의 부분으로 생각하거나
사랑인줄 알지 못한 채 지나치거나
흔한 기억의 하나인 냥 치부해버린다.
사랑은 받아들일 준비가 되어있을 때만
사랑으로 자신을 물들일 수 있다.
사람들이 사랑이라고 믿는 것들은
사랑의 모양을 흉내 낸 것이거나
삶을 위안하기위한 흥미일 뿐이다.
사랑을 만나고 사랑과 함께하기 위해서는
먼저 마음을 열고 사랑을 받아들여야 한다.
많은 사랑이 가볍게 함부로 버려지고 있다.

사람들은 사랑의 과정보다 결과에 울고 웃는다.
사람들이 사랑이라고 얘기하는 것들은 액세서리처럼
남에게 보이기 위한 장식품에 불과하거나
오락실에서 동전으로 살 수 있는 일회용 도락일 뿐이다.
사랑하지 못했다고 사랑받지 못했다고 슬퍼하기보다
먼저 사랑하고자하는 마음과 사랑에 대한 확신을 가질 일,
결국은 사랑 속에서 사랑 자체가 되는 일이다.

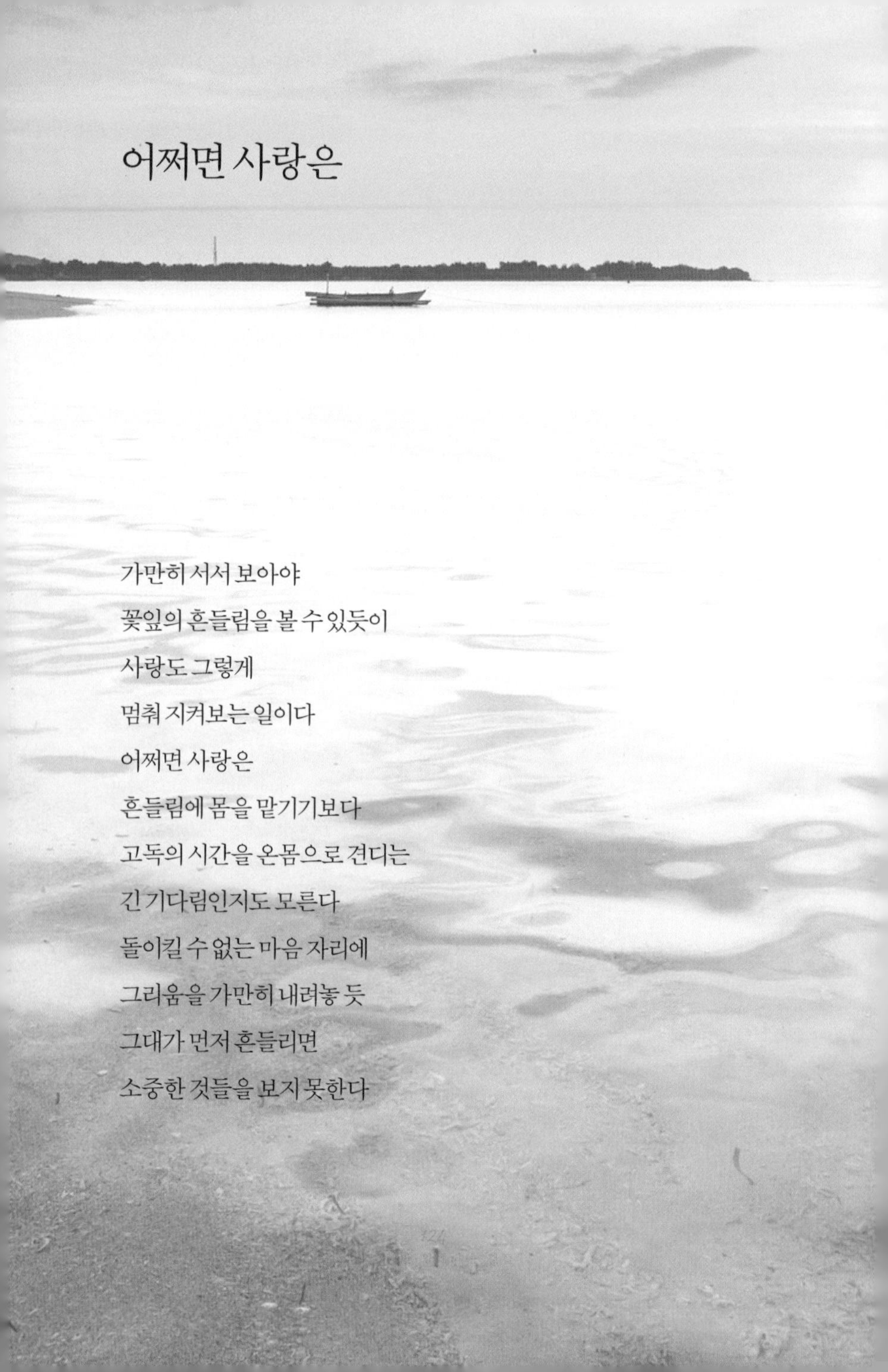

어쩌면 사랑은

가만히 서서 보아야
꽃잎의 흔들림을 볼 수 있듯이
사랑도 그렇게
멈춰 지켜보는 일이다
어쩌면 사랑은
흔들림에 몸을 맡기기보다
고독의 시간을 온몸으로 견디는
긴 기다림인지도 모른다
돌이킬 수 없는 마음 자리에
그리움을 가만히 내려놓 듯
그대가 먼저 흔들리면
소중한 것들을 보지 못한다

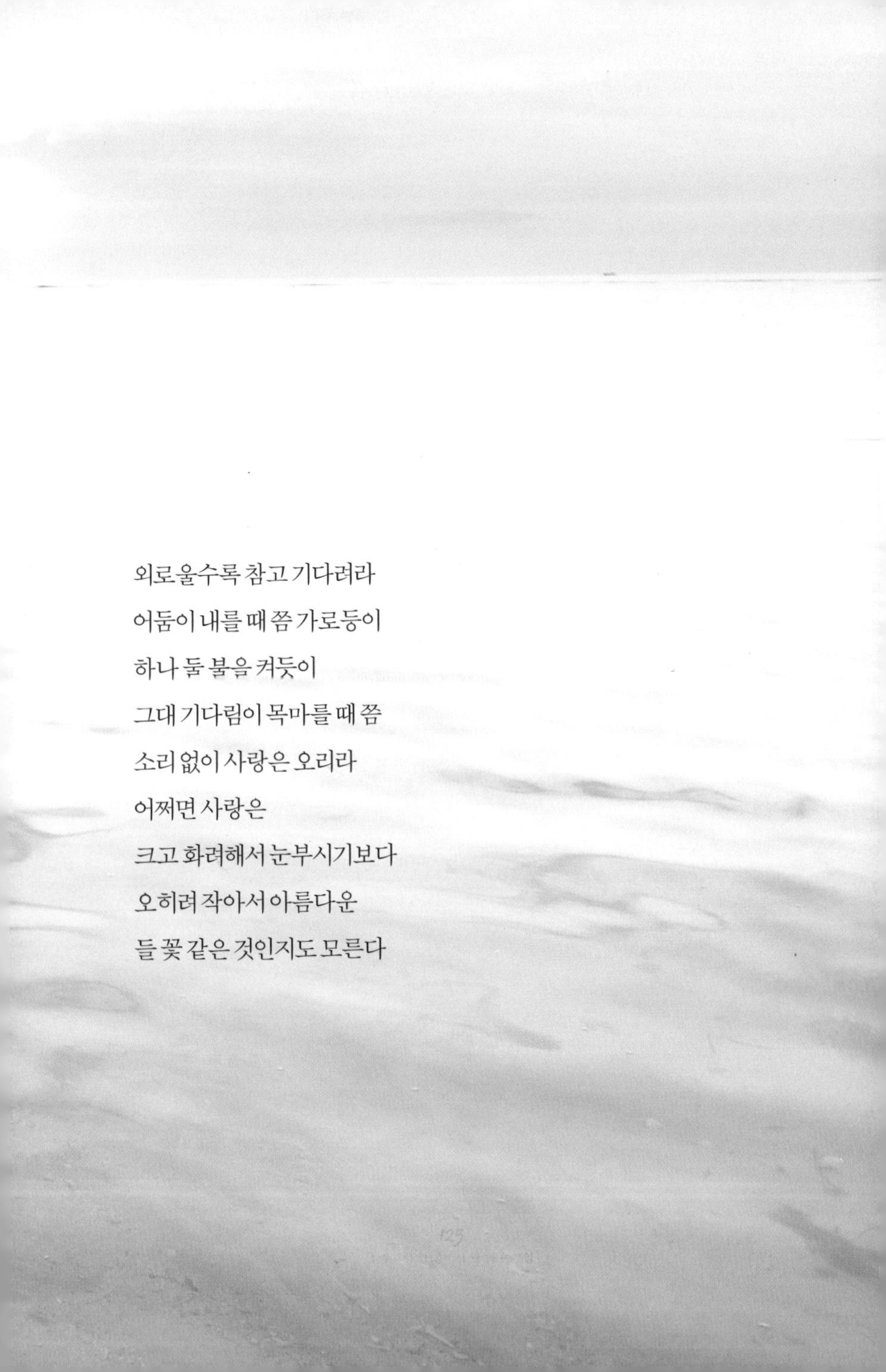

외로울수록 참고 기다려라
어둠이 내릴 때 쯤 가로등이
하나 둘 불을 켜듯이
그대 기다림이 목마를 때 쯤
소리 없이 사랑은 오리라
어쩌면 사랑은
크고 화려해서 눈부시기보다
오히려 작아서 아름다운
들 꽃 같은 것인지도 모른다

제2부

삶을 사랑하는 일

사랑을 아는 사람에겐

삶이 보인다

삶이 바로

사랑이기 때문이다

"주어진 시간"

조그만 일에서도 사랑을 배우는 마음,
그것이 행복으로 가는 길이다.
요즘같이 각박한 세상에서 마음마저 어둡게 가지면
행복으로 가는 길은 멀어진다.
비록 뜻한 대로 되지 않는다 하더라도 실망하지 않고
뿌린 대로 거둔다는 진실을 배워야 행복의 길이 가깝다.
다른 사람의 부(富)는 부러워 할 필요가 없다.
그것은 그들이 느끼는 행복이자 가치일 뿐이다.
행복이란 눈에 보이는 성취에 있지 않다.
희망을 믿고 바르게 사는 사람에게 행복은 절대 비껴가지 않는다.
땀 흘려 얻는 기쁨, 노력해서 거두는 진실의 기쁨에서
진정한 행복을 찾아야한다.

진정한 행복이란 남의 행복을 부러워하기보다
자기 자신의 행복을 감사하는 일이다.

십 수 년을 땅속 어둠에 있다 여름 한순간 살다가는
매미의 삶을 생각해보라.
인간은 겨우 열 달을 꿈꾸고선 한 세상도 짧다고 아우성이다.
여름 한 날 열정을 다하는 매미의 울음소리를 들어보라.
세상을 향해 목청껏 노래 한번 부르지 못하고 가면서
사람들은 더 오래 살겠다고 열심이다.
사람보다 더 오래 사는 동물도 있지만 하루를 사는 하루살이,
한 계절을 꽃 피우고 지는 꽃들,
한 해를 살고 가는 곤충들에 비하면
인간에게 주어진 시간은 너무 긴 시간이다.

천 원짜리 지폐 한 장을 만드는데 소요되는 경비가
몇 백 원 정도밖에 안 된다고 한다.
그만큼 소요되는 경비보다 사회적 가치가 크다는 것이다.
그러나 십 원짜리 동전을 만드는 비용은 몇 배나 더 든다고 한다.

당신은 얼마만큼의 가치로 쓰이고 있나?

세상에는 많은 삶이 있다.

많은 돈을 들여서 공부를 했으면서 사회에 기여를 하기보다

손가락질을 받으며 사는 사람이 있다.

그 반대로 많이 배우지는 못했지만

열심히 사회에 필요한 삶을 사는 사람도 있다.

자신의 가치를 높이는 일은 자신의 삶에 충실하고

자신의 삶을 어떻게 살 것인가 목표가 뚜렷한데서 찾을 수 있다.

목표가 없는 항해는 필시 표류하거나 좌초되고 만다.

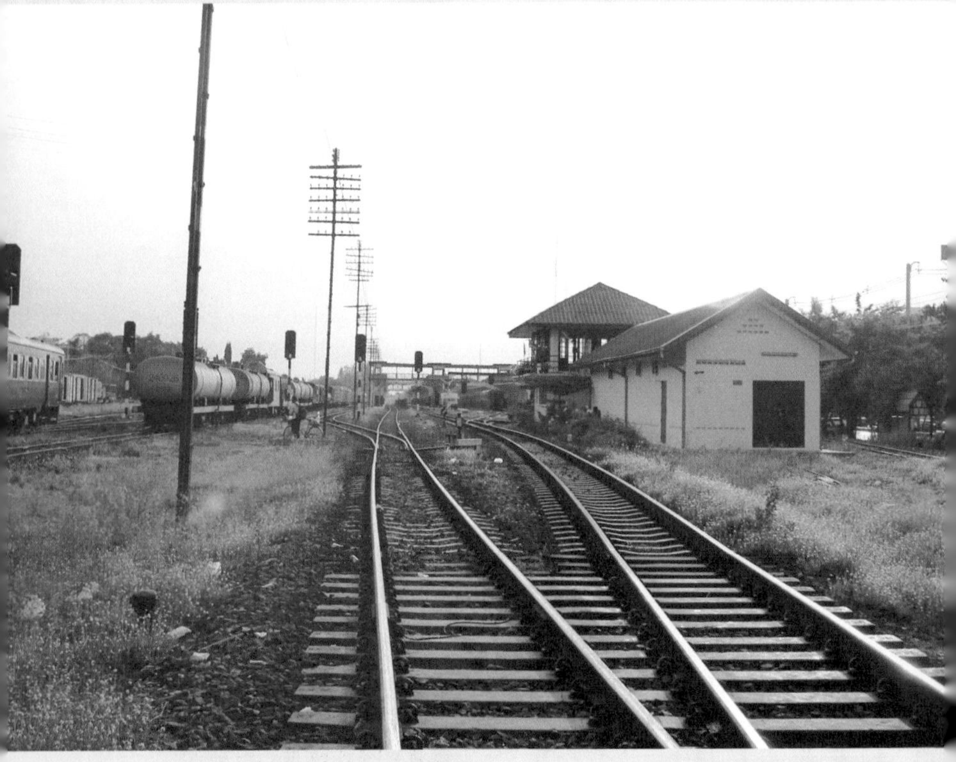

"삶의 여행길에서"

교훈을 통해서 배워야 한다.

삶이란 낭비가 아니라 수확이다.

"어린이는 어른의 아버지"라고 워즈워드가 노래했다.

공자께서는

"세 사람이 길을 가면 그 중에 분명 스승이 될 만한 사람이 있다."라고 했다.

「문화유적답사기」를 쓴 유홍준님도

"인간은 아는 만큼 느끼고 느낀 만큼 본다."라고 했다.

스쳐가는 바람, 흐르는 물, 비치는 햇살 한 자락에도

사랑하고 배워야할 교훈이 있다.

살아가면서 세상 모든 것들을 스승으로 삼아야 한다.

스쳐 지나는 바람처럼 삶을 의미 없이 흘려보내서는 안 된다.

삶이란 여행길에서 만나는 소리 하나, 풍경 하나도
의미 있게 받아들여야 한다.

때로 삶이 힘겹고 길이 암담하다고 생각될 때
새벽시장엘 나가보기를 권한다.
아침이 오기는 아직 한참인 어둠 속에서 좌판을 펼치고
서둘러 하루를 시작하는 사람들을 볼 수 있다.
삶의 무게란 나태해지거나 땀 흘려 무엇인가를 해야 할
목표를 상실했을 때 더욱 힘겹게 느껴진다.
때로 삶이 고통스럽고 아프다고 느껴질 때
종합병원 응급실을 찾기를 권한다.
고통에 겨워하는 환자들, 죽음을 목전에 둔 사람들,
당신은 건강한 몸 하나만으로도 행복하다는 것을 느끼게 될 것이다.
우리가 아직 젊고 건강한데 삶이 힘겹다고 한탄한다면
너무 사치한 생각을 하고 있는 것은 아닐는지…

우리 혀에는 쓴맛과 단맛을 느끼는 감각이 함께 있다.
그것은 쓴맛을 통해 단맛의 고마움을 알라는 뜻이며

단맛을 통해 쓴맛의 괴로움을 기억하라는 뜻이다.
인생도 이와 같다.
살다보면 기쁨도 있고 슬픔도 있다.
슬픔만 있는 세상이란 생각할 수도 없다.
기쁨만 있는 세상은 우리를 성장시키지 못한다.
슬픔과 기쁨이 조화롭게 함께 하는 것이 삶이다.
슬프다고 쉽게 좌절해서는 안 된다.
비 온 뒤의 땅은 더 굳고 하늘은 더 맑다.
기쁘다고 길을 잃어서는 안 된다.
그 뒤에 오는 슬픔은 더 큰 고통이며 가혹하다.

"실수나 실패"

실수를 두려워하지 말라.

"절대 잘못한 적이 없는 사람은 아무 일도 하지 않는 사람이다."는 말이 있다.

실수나 실패는 부끄러워해야 할 일이 아니라

자신을 성장 시키는 일이다.

그렇다고 똑같은 실수를 반복하는 일은 옳지 않다.

그것은 어리석은 일이기 때문이다.

성공 전에는 언제나 실패가 있게 마련이다.

당신은 아직 젊거나 경험이 부족하기 때문에

어쩌면 실패는 당연하고 실수나 실패를 통해

자신을 성숙 시키는 계기로 만들어야 한다.

그리스 신화에 나오는 무적의 아킬레우스도

싸움터로 나갈 때는 완전무장을 했다고 한다.
어떤 일을 하려고 할 때
충분한 준비와 마음가짐이 필요하다는 말이기도 하다.
그리고 한사람의 실수나 실패는 자신의 고통 뿐 아니라
다른 사람에게도 괴로움이 된다는 사실을 잊어서는 안 된다.
토크쇼의 여왕이라 불리는 오프라 윈프리는 이렇게 말했다.
"상처를 지혜로 바꿔라. 살다보면 상처도 많이 받고 여러 가지 실수도 저지르게 된다. 이것을 실패라고 부르는 사람도 있다. 하지만 나는 실패란 하나님이 '잠깐만, 너는 잘못된 길을 가고 있다'라고 말하는 방식이라는 사실을 깨달았다. 그것은 단지 경험일 뿐이다."

청소년들은 금지된 것에 대해
이상하게도 호기심이나 열정을 가지고 있다.
그들은 항상 그것을 얻기를 원한다.
어른들은 안 된다. 옳지 않다, 위험하다 는 등의
보호라는 명목으로 올가미에 묶어두려 한다.
청소년들은 그럴 때마다 방황하고 반항하고 일탈을 꿈꾼다.
청소년들은 자신들을 이해 못하는 어른들을

세대차이라고 일축해버린다.
청소년들에겐 금지라는 벽을 세우기보다
출구를 가르쳐주는 것이 현명한 일이다.
앞서 달리기를 채찍질하기보다 방향을 가르쳐주는 일이 필요하다.
돼지도 앞에서 끌기보다 뒤에서 길을 가게 하는 편이 힘이 덜 든다.
하물며 생각이 있는 인간임에야 말해서 무엇 하겠는가.

우리가 살고 있는 가까운 곳에 자유를 구속당한 사람들이 있다.
우리는 그 희고 높은 담장을 무심히 보며 지나친다.
그곳에 있는 사람들은 우리와 다를 바 없는
어쩌면 우리들 자신이기도 하다.
그들은 지금 빚을 갚느라 땀 흘리고 있다.
보고 싶어도 보지 못하고 만나고 싶어도 만나지 못하며
함께하고 싶어도 함께하지 못한 채
함부로 낭비한 지난 시간을 뒤늦게 후회하고 있다.
당신도 즐거움이나 욕망으로 가야할 길을 벗어나거나
주어진 시간을 낭비하고 있지는 않는지?
후회해도 늦을 때가 있다.
지금 남의 돈 쓰는 재미에 즐거운가?
빚쟁이에 쫓기는 삶이 된다.

세상엔 하찮은 일로 바쁘게 사는 사람이 많다.
그들은 무엇이 중요하며 무엇이 중요하지 않은지 잘 모른다.
경마장이나 경륜장에는 휴식이나 스포츠를 즐기기보다
다른 욕심으로 사람들이 모여든다.
삶을 사는 방법에는 여러 가지가 있다.
어떻게 사는 것이 가치 있는 삶인가는 생각이 다를 수 있다.
그러나 몇 푼 이익 때문에 얼굴을 붉히고
자신의 격을 떨어뜨리는 사람이 많다.
돈은 있기도 하고 없기도 한 것이지만
한번 무너진 격은 복구하기가 어렵다.
어두운 골목길에서 소매를 잡는 슬픈 눈동자를 본다.
가로등 아래 젖은 시간이 발걸음을 멈추게 한다.
숨 가쁘게 하루를 보냈다.
눈 감고 귀 막은 채 달려왔다.
서두른다고 정해진 길을 더 멀리 가는 것은 아니다.
짧은 기쁨을 위해서 오랜 슬픔을 만들 수 있다.
잠시 걸음을 멈추고 커피 한잔을 마시며
거리를 걷는 사람들을 바라보라.
사람들은 저마다 한 가지씩 생각들을 가지고
총총히 재 갈 길을 가고 있다.
어둠 속으로 사라지는 뒷모습을 본다.
생의 저녁에 서면 걸어온 길들이 보인다.

사랑을 알기 전에

사랑을 알기 전에
이별하는 사람들이 있다
시간을 알고
운명을 알고
지극히 홀가분하게 손을 놓는
나뭇잎을 보라
붉게 익어 가는 열매처럼
북쪽을 향하는 새들처럼
털이 길어지는 짐승처럼
자신을 알고
세상을 알고
눈물 한 점 없이 길 떠나는
생명들을 보라
사랑이 그대 문을 두드리며
함께 길 끝까지 가자고 속삭이리라
사랑을 알기 전에
이별을 먼저 배우는 사람이여
이별로 가슴 아파 잠 못 드는 이여

"하나씩 희망을 적는"

O·헨리의「마지막 잎새」를 기억 할 것이다.
한 화가의 그림으로 그려진 잎새로
병상의 소녀가 죽음의 문턱에서 살아나는 이야기다.
신문에서 많은 자살소식을 읽는다.
남편과 부부싸움을 한 주부가 자살을 한다.
어느 가수의 죽음을 슬퍼한 소녀가 자살을 한다.
시험을 잘못 본 학생이 자살하고
언젠가 과학경시대회에서 떨어진 초등학생이
자살했다는 기사를 읽은 적이 있다.
죽음으로 모든 문제가 해결된다고 하는 건 잘못된 생각이다.
삶이란 살아가면서 희망을 하나씩 적고
절망을 하나씩 지우는 일이다.

'자살'이라는 말도 거꾸로 읽으면 '살자'가 되지 않는가.
희망이 절망보다 많은 사람에겐 좌절이란 없다.
더욱이나 죽음 따위는 생각할 수조차 없다.
죽을 용기가 있다면 사는 일은 어려운 일이 아니다.

삶을 사랑하는 사람의 가슴엔 희망의 불씨가 존재한다.
닉 부이치치, 뉴욕타임스에 글을 쓰는 베스트셀러 작가이자 강연자,
희소 병으로 팔다리 없이 태어나
8세 이후 세 번이나 자살을 시도했지만
삶에 대한 긍정적인 자세와 도전정신으로 장애를 극복했다.
정상인들과 같은 중고등학교를 다니며 학생회장까지 지냈고
대학에서 회계학과 재무학을 복수 전공했다.
대학 졸업 후 미국 로스앤젤레스에서 비영리단체
'사지 없는 삶'(Life without Limbs)을 만들고
세계를 돌며 희망을 전하고 있다.
그가 말했다.

"여러 번 실패하고 넘어졌어요. 남들보다 훨씬 많은 노력이 필요할 때도 있고요. 하지만 백번이라도 다시 시도해요. 어떻게 이겨낼 것인지 그 방법을 찾는 게 중요해요. 이겨냈다고 강하게 마음먹으면 다시 일어날 수 있는 용기를 얻을 수 있어요. 고대 감옥에서는 죄수들의 발목에 쇠사슬을 채워놨대요. 그런데 이 쇠사슬을 오래 차고 있으면 나중에 그걸 풀어줘도 사람들이 못 뛴대요. 한 번도 뛸 수 있다는 생각을 안 했기 때문이죠. 늘 언젠가는 뛸 수 있다고 생각해야 합니다. 쇠사슬에 묶여 나 자신을 잃어버리면 안돼요."[12]

그는 아직도 팔과 다리를 갖는 꿈을 버리지 않았다.
그의 집 책장에는 멋진 신발 한 켤레가 놓여있다.
두 다리로 걷게 되는 날 신으려고 마련해둔 신발이다.
그는 이렇게 기적을 믿으며 살지만 설령 그렇게 되지 않아도
실망하지 않는다며 환하게 웃는다.

"희망을 색칠하는"

"당신이 벗어 던지려고 하는 것이 근심이라면 그것은 강요된 것이라기보다 당신이 선택한 것입니다. 당신이 없애려고 하는 것이 공포라면 그것은 두려움 때문이 아니라 당신의 가슴속에 있는 것 때문입니다."
칼릴 지브란의 말이다.
누구나 조금씩 차이는 있겠지만 근심이나 공포를 느끼고
그것에서 벗어나고 싶어 한다.
삶을 어떻게 사느냐 하는 일은 스스로 삶에서
근심이나 공포를 지우고 기쁨이나 희망을 색칠하는 일이다.
성공한 삶이냐 실패한 삶이냐의 판단은
작은 생각에서부터 길을 달리한다.
결국 근심이나 공포라는 것은 외부적 요인이기보다
스스로 떨쳐내지 못하는 나약함 때문이다.

세상엔 죽음이라는 거부할 수 없는 두려움도
기쁘게 받아들이는 사람이 있다.

인생은 가까이서보면 하나하나가 비극이지만
멀리서보면 코미디처럼 즐겁고 아름답기까지 하다.
필연적으로 남의 인생은 멀리서 보게 되고
자기 인생은 가까이서 보게 되니
남의 인생은 행복해 보이고
나의 인생은 불행해 보이는 것이다.

우리는 삶을 살면서 아주 작은 일에도 실망하고 분노하고 아파한다.
하지만 만족하며 사는 삶이야말로 진정한 행복에 이르는 길임을
알아야 한다.
자신보다 못한 사람을 보며 자신의 삶을 감사하는 일을
발전이 없는 삶이라고 이야기들 한다.
그 말이 전혀 틀린 말은 아니지만 욕심엔 만족이란 없다는 게 문제다.
한 계단 높이 오르면 더 높이 오르고 싶어 하고
하나를 가지면 더 많이 가지고 싶어 한다.

그러면 삶은 늘 불만족스럽고 불행할 수밖에 없다.
지금의 삶을 소중히 생각하고 감사하며 살 일이다.
그러나 노력 없이 만족하는 일이란
자신을 정체시키고 침몰케 하는 일임을 잊어서는 안 된다.

"우리가 가장 두려워해야 하는 것은 우리를 둘러싸고 있는 가면의 상실이 아니라 바로 진정한 자기 모습을 잃어버리는 것이다. 진정한 자기 모습을 가지고 있다면 추락해도 나는 존재한다. 그리고 진짜 내가 내 안에 존재하는 한 그 어떤 상실의 아픔도 끝내는 극복할 수 있다. 세상의 모든 것은 변한다. 심지어 사랑까지도, 그러나 내 안의 나는 변하지 않는다. 그리고 내 안에 내가 있는 한 상실의 고통이 아무리 커도 나는 또 다시 자신의 존재 의미를 찾아 새로운 길을 떠날 수 있다."[13]

개그맨 김국진이 「남자의 자격」이라는 예능프로그램에서
이렇게 말했다.
"전 롤러코스터와 같은 인생을 살았어요. 쭉 올라갔다 반대로 쭉 내려갔죠. 하지만 내려갔던 속도에 가속이 붙어 그 힘으로 다시 쭉 올라갈 수 있었죠." 사람들은 고난에 처하면 끝이라고 생각한다.

그래서 쉬 포기하거나 좌절하고 만다.
위의 얘기를 통해 우리는 어떤 어려움이나 위기라도 생각 나름으로
재도약이나 반전의 기회로 삼을 수 있음을 알 수 있다.
삶의 길에서 몇 번은 넘어지고 다시 일어서는 과정을 통해서
비로소 굳건한 자신이 꿈꾸는 자리에 설 수 가 있는 것이다.
"인생의 가장 큰 영광은 결코 넘어지지 않는데 있는 것이 아니라 넘어
질 때마다 일어서는 데 있다."
넬슨 만델라의 말이다.

죽어야겠다고 생각하는 결심이라면 다시 살 수 있다.
나뭇잎은 바람이 불 때면 땅위로 떨어진다.
기쁘게 할일을 다했노라 미련 없이 손 놓는,
즐거이 발아래 밟히는 낙엽의 운명을 생각해보라.
나뭇잎은 썩어 자신의 꿈인 나무를 키운다.
살아야겠다고 생각하는 용기라면 다시 살 수 있다.
죽은 듯 깃대에 매달려있는 깃발을 보라.
바람을 만나면 힘차게 펄럭인다. 자, 나가자! 내가 앞장서리라.
어느 병사의 외침이 들리는 듯하다.
필시 승리자의 깃발이리라.
자신에게 용기를 불어넣는 방법엔 여러 가지가 있다.
어떤 것을 선택하느냐는 당신에게 달려있다.

우리는 짧은 인생을 사는 것이 아니다.

우리 스스로 삶을 값없이 쓰고 있는 것이다.

어떻게 살았느냐의 물음에 대한 대답은 오래 살았다는 것이 아니다.

삶은 굵고 짧게 산 삶이 있고 가늘고 길게 살 삶이 있다.

누구는 죄를 지어 주어진 삶도 다 쓰지 못한다.

주어진 삶을 어떻게 사느냐는 가진 돈을 어떻게 잘 쓰느냐와 같다.

사람들은 꼭 필요할 때 쓰지 못하고 충동구매로 후회를 하곤 한다.

꼭 필요한 것을 사기 위해 계획을 세우는 사람은

삶을 현명하게 사는 사람이다.

돈을 다 써버리고 나면 남은 삶은 비참해진다.

삶을 함부로 낭비해서는 안 된다.

슬퍼 말아요

슬퍼 말아요
한 사람으로부터 눈물은
다른 한 사람에게 젖어
이슬로 반짝이는 일이니
꽃이 피고
꽃이 지는 일
그리고 다시
꽃을 기다리는 마음처럼
사랑은 때로
상처를 어루만지며
안녕을 묻는 일이니
슬퍼 말아요
한 사람으로부터 이별은
다른 한 사람에게 닿아
눈 먼 사랑이 되는 일이니

"진정한 아름다움"

이 세상에서 가장 아름다운 것이면서
가장 망가지기 쉬운 것 중의 하나는 여자의 얼굴이고
다른 하나는 도자기란 말이 있다.
외면적인 아름다움은 한 때 뿐이다.
반짝이는 청춘에 취해 있다 보면 어느새 황혼이다.
진정한 아름다움이란 내면적인 것,
조금씩 오랫동안 향기로운 꽃과 같다.
보이는 것을 아름답게 가꾸는 일도 필요하지만
보이지 않는 것의 가꿈도 소홀해서는 안 된다.
겉보기만 좋은 것은 깨어지기 쉽고 천박할 뿐이다.
세상에 아름다운 여자는 많다.
그러나 안과 밖이 다 아름다운 여자는 찾기 어렵다.

그것은 외면의 아름다움엔 충실하면서
내면의 아름다움엔 소홀하기 때문이다.
밤이 있어 낮이 소중하고 낮이 있어 밤이 소중한 것처럼
어느 한쪽만의 아름다움은 진정한 아름다움이 아니다.
비싼 향수, 화려한 의상, 오뚝한 콧날의 미인도
생각이 깊지 못하면 아름답다 할 수 없다.
아름다움을 가꾸되 자기 자신을 값없이 만들지는 말라.

여자는 아름다움을 추구해야 한다.
그러나 겉모습만을 아름답게 하는 것은
진정한 아름다움이 아닌 허영일 뿐이다.
진정한 아름다움이란 보이지 않는 곳의 아름다움을 말한다.
꽃이 화려하기만해서 벌·나비가 모이는 것이 아니다.
눈에 보이지 않는 향기가 멀리가기 때문이다.
화려한 치장도 유혹은 될 수 있다.
그러나 그것만으론 오래 마음을 잡아두지 못한다.
예쁘고 화려하게 치장을 한 여자 주위에도 남자들은 모여든다.
그러나 그 남자들은 벌이나 나비가 아니라 나방이나 진딧물이다.

"아름다움은 모든 가치의 출발이며 끝이다. 아름다워서 진실할 수 있고 진실하여 아름다울 수 있다. 아름다워서 선할 수 있고 선해서 아름다울 수 있다. 아름다워서 성스러울 수 있고 성스러워서 아름다울 수 있다."

어느 소설가의 글에 나오는 말이다.

사람들은 누구나 아름다워지기를 원한다.

특히 여자는 더욱 그렇다.

그래서 신체에 여러 가지 색칠을 하고

다양한 빛깔의 옷을 몸에 걸친다.

그러나 잊지 말아야 할 것은 아무리 아름다워지려 해도

진실을 가린다면

오히려 아름답지 못한 결과를 가져온다는 사실이다.

거리에 나가보면 많은 여자들이, 아니 많은 사람들이

자신의 얼굴은 감춘 채 가면을 쓴 낯선 얼굴을 만나게 된다.

"원하는 삶을 살아야"

행복이란 영원한 것이 아니다.
그래서 사람들은 행복하다고 생각될 때
그 행복이 깨어질까 두려워한다.
기쁨만 있는 것이 행복이라고 생각하는 것은 잘못된 것이다.
행복이란 기쁠 때나 슬플 때나 희망을 잃지 않고 사는 일을 말한다.
기쁠 때는 기뻐서 길을 잃지 않고 슬플 때는 슬퍼서 포기하지 않는,
그런 사람이 진정한 행복을 누릴 자격이 있는 사람이다.
행복 하라는 인사는
삶을 바로 살아라, 길을 잃지 마라, 라는말과 같다.
방황하는, 방랑하는 삶은 자유가 있는 것처럼 보여도
진정한 행복은 아니다.

누군가 이야기 했다.
"어느 길로 갈 수 없을 때가 진정한 여행의 시작이다."라고,
잘 아는 길, 남이 간 길을 가는 것은 여행이랄 수 없다.
그건 순례일 뿐이다.
여행은 새로움이며 경이를 느낄 수 있어야 한다.
인생을 여행이라고들 한다.
아무도 가지 않은 길, 막막한 길 앞에 서면
두렵고 힘겨운 것이 당연하다.
하지만 그것이 참된 여행의 시작이며
성취의 기쁨도 그만큼 클 것임이 분명하다.
두려워 말고 길 위에 서라.
넓은 길, 편한 길을 택한 사람들은 기게 내비려두리.
길 끝에서 만났을 때 분명 그들은 많이 후회할 것이고
자랑스럽게 들려줄 여행기도 없으리라.
가지 않은 길 낯선 길을 가노라면
실패와 좌절을 맛볼 수도 있을 것이다.
그러나 그것은 상처가 아니라 영광이며
자신을 더 높고 크게 키울 것이다.

직업이란 자신의 적성에 맞고 그 일에 종사함으로
보람과 행복을 느낄 수 있어야 한다.

고작 입에 풀칠을 하기위한 수단으로
마지못해 아무 직업이나 선택하고 그럭저럭 시간을 보낸다면
그것은 자신의 소중한 시간을 값없이 써버리는 일과 같다.
공부도 마찬가지다.
공부란 스스로 원하고 즐거운 마음으로 꿈을 위해서 해야 한다.
그러나 많은 이들이 남이 하니까,
대학을 가야하니까 공부를 하고 있다.
이름 있는 대학, 잘 팔리는 학과에 들어가기 위해
자신의 적성이나 꿈은 아랑곳 않고 이리 놀리고 저리 놀리며
심한 눈치작전을 펼친다.
잘못된 선택은 자신의 인생 전부를 불행하게 만든다.
자신의 미래를 요행이나 남에게 맡기지 말라.
아래 「논어」에 나오는 말보다 더 적절한 말은 없다.
"아는 것은 좋아하는 것만 못하고 좋아하는 것은 즐기는 것만 못하다.(知去者 不如好之者 好之者 不如樂之者).
아시아 여성 한국여성 최초로 하버드 법대 종신교수가 된
석지영님은 이렇게 말했다.
"인생은 길기도 하지만 짧기도 해요. 정말 깊게 완전히 즐기지 않는 일을 하기에는 인생이 너무 짧아요."
인생은 한번살기 때문에 자신이 즐길 수 있는 일을 찾아야만 한다고 했다. 덧붙여 완벽한 삶이 아닌 즐거운 삶을 꿈꿨으면 한다고도 했다.
사람들은 무엇을 하고 어떻게 사는 것이 행복한줄 알면서

쉽게 실천하지 못한다. 모험이 두렵기 때문이다.

그래서 안정된 삶을 택한다.

결국 생의 끝에서 행복하지 못했노라고 후회를 하게 된다.

"자신의 고유한 내면세계를 갖는 게 중요합니다. 사람들이 불행해지는 가장 큰 이유는 자기 자신이 즐거운 걸 망각하고 남의 행복을 위해 살기 때문이죠. 어린 시절엔 부모님의 만족을 위해, 학교에 선 선생님의 만족, 사회에선 상사의 만족, 결혼 후엔 배우자와 아이의 만족을 위해 살고 있어요. 그렇게 살면서 자신의 즐거움과 만족은 뒤로 하고 있으니 그게 문제죠. 평생 이렇게 남을 위해 헌신하며 사는 건 실수이자 과오라고 생각합니다. 진정 원하는 일이 무엇인지 스스로 생각하고 하고 싶은 일을 하며 사는 건 자신의 영적 세계를 충족시키는 일이에요. 이기주의와는 다른 차원입니다. 다른 사람이 아닌 자신의 가치를 제대로 알아야 내가 누구인지 알 수 있습니다. 강요받은 삶을 사는 게 쉬운 일일수도 있지만 전혀 의미 없는 행위입니다."[14]

"잠시 머물다 가는"

사람들은 자기 자신의 허물은 덮어둔 채
남의 잘못을 이야기하긴 좋아한다.
성경에도
"자기 눈에 있는 들보는 보지 않고 남의 눈의 티끌만 보려 한다."는
말이 있다.
남의 잘못됨이든 잘됨이든 자신을 비추는 거울로 삼아야 한다.
남의 허물을 보려 하면 남도 당신의 허물을 보게 된다.
자신의 눈에 보이는 세상의 그림들은 스스로 만들고 그린 것들이다.

"당신은 언제 당신의 입김으로 꽃 한 송이 피워낸 적이 있으며 언제 당신의 눈물로 지상에 이슬 한 방울 내리게 한 적이 있었던가."라고
어느 시인이 노래했다.

우리가 이 세상에 살다가는 동안, 바람처럼 잠시 머물다 가는 동안
단 한번이라도 주어진 삶을 깊이 있게 느껴보기 바란다.
오늘 하루도 수많은 생명이 사라지고 태어난다.
그냥 왔다가는, 휩쓸려 사는 삶이 아닌
어둠에 불빛 하나 켜는 삶을 살지 않겠는가?
빛 여럿 모이면 세상은 좀 더 살만하고 길도 환하게 보인다.

당신은 부끄러움을 느껴본 적이 있는가?
행위에 대한 부끄러움, 자신의 삶에 대한 부끄러움,
친구와의 약속을 지키지 않은 일,
부모가 자식에게 한 약속을 가볍게 어기는 일,
정치인이 국민과의 약속을 무시하는 일…
모든 것이 부끄러운 일들이다.
그러나 세상엔 부끄러움을 느끼지 못하는 사람들이 너무 많다.
오히려 자랑스러워하거나 강변하기 까지 한다.
오직 나 자신, 내 자식, 내 집, 내 지역…무엇이든 나부터 먼저,
나를 중심으로 생각하는 것은 이기주의다.
부끄러움을 아는 일이란 열린 마음으로 남을 생각하고

더 넓은 세상을 향해 나아가는 일이다.

"부끄러움은 창피한 것이 아니라 자기성찰의 아름다운 징후이다. 삶은 살아가는 것이다. 살아가는 가장 자연스러운 태도는 자기 생을 사랑하는 거다." 소설가 이경자님의 말이다.

"스스로의 삶을 살아야"

"스스로를 드러내지 않는 까닭에 그 존재가 밝게 나타나고 스스로를 옳다고 여기지 않는 까닭에 오히려 그 옳은 것이 드러나며 스스로를 뽐내지 않는 까닭에 오히려 공을 이루고 스스로를 자랑하지 않는 까닭에 오히려 그 이름이 오래간다."라는 말이 있다.
지금같이 자신을 알리기에 수단방법을 가리지 않는 시대에
무슨 소리냐고 할는지 모르겠다.
하지만 너나없이 남에게 잘 보이려고 남에 눈에 들려고 하면
차라리 한발 물러서 묵묵히 자신의 길을 가는 것이
오히려 자신을 뚜렷하게 하는 일이 된다.
거리에 나가보면 저마다 머리며 옷이며 자신을 알리기에 급급하다.
하지만 자세히 보면 하나같이 같은 모습으로 자신의 개성은 없고
남의 유행만 좇고 있을 뿐이다.

그것은 스스로 사는 삶이 아니라 남에 의해 살아지는 삶이다.

감사하며 사는 일은 행복하다.

어느 목사님에게서 들은 이야기이다.

"많은 사람이 탄 배가 있었습니다. 거센 폭풍우로 인해 배가 뒤집히려고 했습니다. 사람들은 모두 살려달라고 아우성을 쳤습니다. 그런데 어떤 노인 한 사람은 아주 평화로운 얼굴로 기도를 하고 있었습니다, 한 사람이 그에게 물었습니다. 지금 배가 뒤집혀 다 죽게 되었는데 당신은 두렵지 않느냐고, 그 노인은 조용히 대답했습니다. 나는 조금도 두렵지 않습니다. 나에게는 딸이 둘 있었습니다. 큰딸은 몇 년 전에 잃었습니다. 지금 작은 딸을 찾아가는 길입니다. 만약 이 배가 뒤집혀 내가 죽게 되면 큰딸을 먼저 만나게 될 것이고 다행히 배가 무사히 항구에 닿게 되면 작은 딸을 먼저 만나게 될 것입니다. 그래서 나는 조금도 두렵지 않습니다."

그렇다. 감사하는 마음이란 우리에게서 두려움을 없애주는 힘이다.

"가진 것을 남에게 베푸는 것은 진실로 베푸는 것이 아닙니다. 진실로 베푼다는 것은 자기 자신을 베푸는 것입니다. 당신이 가진 것들은 언젠가는 주어야 하는 것들입니다. 그러므로 지금 주는 것이 좋습니다. 베푸는 기쁨이 다른 이의 것이 되기 전에 당신의 것이 되게 하기 바랍니다."

칼릴 지브란의 글에 나오는 말이다.

그렇다고 베푼 후에 보답을 기대해서는 안 된다.

그것은 진정한 배품이 아니기 때문이다.

생각해보라. 햇빛·나무·시냇물 무엇 하나

보답을 바라고 베풀지는 않는다.

다만 함께 살기 위해서 베푸는 것이다.

혼자서는 살 수 없는 세상에서 베푸는 일이란

자신을 살게 하고 기쁨을 얻는 일이다.

그러나 지금 세상엔 자신이 가진 것을 아까워하고

부자는 더 큰 부자가 되기를 원한다.

죽을 때 다 놓아두고 가는 것인데도 말이다.

이제 죽음이 이별이 아니라는 사실을 기억할 때도 되었다.

만남이 있으면 헤어짐이 있다.

이별은 보내는 자와 떠나는 자를 만들어 내고

시간을 영원 속에 봉안 시키는 마술 같은 힘을 지니고 있다.

그리고 이별은 아픔과 고통을 가져오고

끝내는 보내는 자와 떠나는 자 모두를 성숙시킨다.

수많은 이별연습을 통해서 '또 봅시다.' 라고 말할 수 있는

그런 지혜와 경륜을 배울 때도 되었다.

그렇고 보면 우리들의 인생이란 수많은 이별연습을 통해

이별이 헤어짐도 사라짐도 아닌

또 다른 만남의 시작임을 배워나가는 과정인지 모른다.

"꿈이 있어야"

별을 본지가 오래 되었다.
너무 꿈을 꾸지 않고 살았다는 뜻이다.
도시의 하늘엔 별이 잘 보이지 않지만
그래도 별을 보려 노력하지 않았다는 말이 더 옳을 것이다.
그동안의 삶은 거칠고 메말랐다.
지치고 피곤한 하루하루였다.
꿈을 꾸지 않고 보낸 시간이었기 때문이다.
어린 날 마당에 멍석을 펴고 누워 참 많은 별을 보았다.
별 하나가 되기도 하고 떨어지는 별을 가슴에 담기도 했다.
그때는 밤은 밤대로 낮은 낮대로 신비함 그 자체였다.
꿈이 있었기 때문이다.

사람은 누구나 원하던 원하지 않던 나이를 먹고
인생의 경험을 쌓아간다.
삶에 있어서의 경험은 자신의 꿈을 키우는데 있어
튼튼한 뿌리가 된다.
강한 바람이 불면 나무들은 부러지거나 쓰러져 눕게 된다.
그러나 어떤 나무는 잎사귀 몇 개, 나뭇가지만 흔들릴 뿐
의연하게 서있음을 볼 수 있다.
쉽게 편하게 산 삶은 나약해서 작은 시련에도 무너지고 만다.
당신은 한그루 나무다.
태워져 재가 되기보다 필요한 쓰임으로 남겨지고 싶지 않은가?
고난이 우리에게 가해지는 것은
우리를 슬픔에 잠기게 하기 위해서만 아니다.
그것은 우리를 각성되게 한다.
스스로를 측은히 여기게도 하지만 지혜로워지게도 해준다.
기가 꺾이게도 하지만 한편으로는 그 어두움을 통해서
우리를 새롭게 해주기도 한다.
밤이 있으므로 해서 낮이 더 신선해지듯이
고난은 궁핍하게도 하지만 더욱 풍요로워지게도 해준다.
쟁기가 들을 기름지게 하듯이
고난은 우리의 기쁨을 증진시켜 주기도 한다.

젊은이들은 항상 미래를 내다보고
노인들은 미래가 없기 때문에 과거를 돌아본다는 말이 있다.
추억은 소중한 것이다.
하지만 추억이란 가슴에 간직하는 것이지
추억에 젖어 살 필요는 없다.
대다수 사람들은 특히 남자들은 과거를 자랑하길 좋아한다.
그것도 과대포장해서 말이다.
반대로 여자들은 과거를 감추길 좋아한다.
그것도 한 점 부끄럼이 없는 것처럼 말이다.
당신의 가슴이 푸르다면 미래를 자랑해야 한다.
좀 과장되더라도 미래를 이야기 하는 것은
희망적이고 꿈이 있다는 증거다.
현대 중국의 대문호이자 개혁사상가였던 노신은
'희망'에 대해 다음과 같이 이야기 했다.
"희망이란 본래 있다고도 할 수 없고 없다고도 할 수 없다. 그것은 마치 땅 위의 길과 같은 것이다. 본래 땅 위에는 길이 없었다. 사람이 걸어가면 그것이 곧 길이 되는 것이다."

오래된 편지

당신의 편지 해질녘에
도착했습니다.
한 때의 햇살과
한 시절의 그리움 있어
아직도 따뜻했습니다
나는 쉬 봉투를 뜯지 못하고
꾹꾹 눌러 쓴 이름이며
당신이 계신 자리에
오래 눈길 머물렀습니다
어느새 멀리와 버린
시간의 강 거슬러
길 위에서 서성인
당신의 마음도 읽었습니다
봉투를 조금만 열어도
꽃을 숨긴 씨앗 몇
혹은 당신의 숨결
기억 저편으로 사라질까
침묵으로 가슴앓이 된

끊어진 말들 이으며
사는 일 하나 하나가
버리고 비워가는 일인가
그래서
그리워 할 수밖에 없는 것인가
생각하고 또 생각했습니다
제 몸 물돌이고
한 풀 가벼워진
잎사귀 한 장 같은
당신의 편지
한 글자 한 글자
가슴의 못 뽑는 아픔으로 읽은들
돌이킬 수 없는 시간들
어찌할 것인가
끝내 봉투를 열지 못하고
오래된 편지로
가슴 안에 남았습니다

"자신의 책에 기록될"

"수많은 사람이 꿀의 달콤함을 얘기 할 수는 있지만 직접 맛보기 전에는 그 맛을 알 수가 없다." 라는 말이 있다.

삶은 스스로 걸어야 할 길과 같다.

누가 대신 살아줄 수도 책임져 줄 수도 없다.

때로 안개 자욱한 길이거나 혹은 비바람이 몰아치는 길,

외롭고 아득한 길이지만 가끔씩 만나는 들꽃의 향기,

이름 모를 새들의 지저귐도 있다.

당신을 외롭게 했거나 슬프게 했거나

혹은 기쁘게 했던 모든 일들이

바로 당신의 삶을 뜻있게 만들 이야기들이다.

잠시의 기쁨을 위한 유혹에 귀 기우려서는 안 된다.

한순간의 고난을 피하기 위해 쾌락에 몸 맡겨서는 안 된다.

당신이 걷는 길이 높고 험하다면 쉽고 편한 길을 택한 사람보다
어떤 시련에도 자신을 지킬 수 있다.

"어디에 있든, 어떤 환경에 살든 세파에 시달린 영혼들은 이것만은 알아두자. 삶이란 넓은 바다에는 축복이란 섬들이 미소 짓고 있으며, 햇살 가득한 이상이란 해변이 그대를 기다리고 있다는 사실을, 이제 생각이란 방향키를 단단히 쥐어라, 그대의 영혼인 선장이 있으나 그는 잠만 자고 있다. 이제 그를 깨워라. 자제력은 배를 움직이는 힘이며 올바른 생각은 숙련된 기술이다."
영국의 철학자인 제임스 앨런의 말이다.
삶은 영원하지 않다. 몇 십 년을 살았는데도
돌아보면 한순간처럼 느껴지는 시간,
아무리 오래 산다한 들 겨우 하루를 살뿐이라는
진리가 가슴을 친다.
생은 긴 이어짐이 아니라 순간으로 존재한다.
우리는 매순간 순간을 사랑하고 이별하고
기뻐하고 슬퍼하며 살아간다.
그러다 어느 순간 길 끝에 서있음을 보게 된다.

그래서 지금 순간이 무엇보다 소중하다.
스스로 얼마만큼 삶을 소홀히 보냈나를 반성하며
순간을 소중함으로 만들어 질 수 있도록
열심히 삶을 살아야 한다.

추억은 삶의 흔적이다.
어떤 추억은 잊혀진지 오래고 어떤 추억은 뚜렷이 기억에 남는다.
추억의 책장 한 갈피 한 갈피를 들춰보면 때로 미소 짓게도 하고
때로 부끄럽게도 아프게도 한다.
지금은 무심히 지나치는 일상이겠지만 지나고 나면
추억의 창고에서 반짝이는 것들이다.
하루하루 보내는 시간이나 만나는 얼굴들은
추억이란 책에 쓰일 이야기들이다.
슬픈 이야기든 기쁜 이야기든 부끄러운 이야기든
그것들은 소중한 추억으로 남는다.
오늘 하루 당신이 걸은 걸음만큼 당신이 만난 얼굴만큼
당신이 보낸 시간만큼 추억의 책장은 두꺼워진다.

"꿈을 사랑해야"

"어두운 마음을 가진 사람은 어두운 꿈밖에 꿀 수 없다. 더 어두운 마음은 꿈조차도 꿀 수 없다. 꿈은, 꿈 읽기를 하지 않으면 몇 십 년 낡은 집속의 먼지처럼 정체되어 버린다. 쇠고리가 걸린 문을 열어야하듯이 꿈 읽기도 오래된 탑처럼 쌓아 올려야 하는 것이다."

무라카미 하루키의 글에 나오는 말이다.

세상 사람들은 누구나 꿈을 갖고 세상에 태어나고

꿈을 꾸며 세상을 살아간다.

소박한 꿈에서 거창한 꿈까지…

그러나 삶을 살면서 꿈을 포기하고 방황하거나

꿈을 잃고 절망하는 사람들을 보게 된다.

그것은 타의에 의해서이기도 하지만

대다수 스스로의 의지 때문이 옳을 것이다.

꿈을 이루는 일이란 어떤 환경이나 시련에도
흔들리거나 포기하지 않는 사람에게 주어지는 선물이다.
꿈이란 가능한 한 자신에게 맞는 꿈을 선택하는 것이 중요하다.
그리고 삶속에서 꿈을 잃지 않고 자신의 꿈을 사랑하는 일이다.

쓸쓸한 날이거나 우울한 날이라고 생각되거든
자신의 삶을 한번 돌아보라.
기쁜 날이나 만족스러운 날에는
자신을 돌아볼 여유가 없기 때문이다.
바쁘게 살아가는 삶속에선 더욱 그렇다.
자신의 삶은 누가 대신 살아주지는 않는다.
반복되는 실수는 부끄러운 일이다.
신이 우리에게 실수나 실패를 하게 하는 것은
다시 한 번 자신을 돌아보라는 기회이다.
실수나 실패에는 괴로움이 따르게 마련이다.
실패를 아파만 할 것이 아니라 조용히 점검할 필요가 있다.
이런 점검을 통해 자신의 존재를 가능한 한 넓게 받아들이게 된다.
스스로를 돌아보는 시간 속에서 다시금 힘을 얻고

실패하지 않는 지혜를 배우게 된다.
"신은 많은 것을 당신 근처에 감춰놓았다. 문제는 당신이 당신 손에 그것을 쥐어주기만 바랄뿐 찾아 나서지 않는데 있다."
에머슨의 말이다.

6억 달러(5천억 원)의 거액을 자선단체에 기부해온
얼굴 없는 천사였던 미국의 찰스 피니씨는
뉴욕타임스와의 인터뷰에서 기부를 생각하게 된 동기에 대해
다음과 같이 말했다.
"내게 필요한 것보다 많은 돈이 생겼기 때문이다. 돈은 매력적이긴 하지만 그 누구도 한꺼번에 두 켤레의 신발을 신을 수는 없다."
그는 집도 자동차도 없을 뿐 아니라
15달러짜리 손목시계를 차고 다녔다.
살아가는 일에 필요한 만큼의 돈이란 얼마라는 답은 없다.
더 큰 안락과 더 황홀한 만족을 위해
부를 향한 욕망을 멈추지 않는 사람들을 보면서
때로 부가 삶을 아름답게도 추하게도 할 수 있다는
진리를 배우게 된다.

"긍정적인 해답"

오래전에 읽은 쉘 실버스타인의 「아낌없이 주는 나무」가
생각난다.
나무는 계절마다 자신을 버리는 것이 아니라
계절마다 자신이 만나는 새로움을 통해
끊임없이 받아들이고 표현하기 위해 애를 쓴다.
가을에 잎을 물들이고 겨울에 앙상한 몸으로 선 나무를 보면서
사람들은 나무가 모든 것을 잃어버린 것이라 생각한다.
그러나 봄이면 변함없이 푸른 잎을 흔드는 나무를 본다.
그것보다 놀라운 것은 키가 우뚝 자라 더욱 당당해졌다는 것이다.
나무에서 많은 것을 배우게 된다.
나무는 초록의 싱그러움과 쉴 그늘과 열매를,
기꺼이 몸까지 내어준다.

주면서 아쉬워하지 않고 되풀이에도 조급해하지 않는
비우면 비울수록 충만해지는 나무의 삶을 배워야 한다.
오늘 하루 나무를 통해 좋은 벗 하나,
스승 한사람 곁에 두는
당신의 삶이 변화되는 기쁨을 만날 수가 있다.

생각하는 방식을 바꾸는 일은 삶을 의미 있게 만든다.
행복을 구하는 이에게 불행을 주는 까닭은
삶의 가치를 깨닫게 하기 위함이다.
건강을 구하는 이에게 질병을 주는 까닭은
건강의 고마움을 알도록 하기 위함이다.
부귀를 구하는 이에게 가난을 주는 까닭은
겸손을 배우게 하기 위함이다.
이 말은 삶이란 생각하기에 따라
마음의 평화가 혹은 분란이 될 수 있다는 말이기도 하다.
나는 왜 건강하지 못한가. 나는 왜 가난한가.
나는 왜 불행한가. 라고 한탄만 하고 있다면 영영 행복해지기 어렵다.
현재의 고난을 극복하는 방법은 무엇인가.
왜 지금 나는 어려움을 겪고 있는 것인가 하는 물음에서
긍정적인 해답을 발견할 수 있다면

앞으로의 삶은 보다 가치있고 행복해질 수 있다.
누구에게나 좌절과 고통의 시간은 있게 마련이다.
그러나 그것을 어떻게 받아 들이냐에 따라 삶은 달라진다.
어떤 문제가 발생했을 때 '왜' 보다는 '어떻게'를 생각하라.
'왜 이런 일이 벌어졌지?'가 아니라 '어떻게 이 문제를 해결할까?'이다.
문제점을 파악하는 것도 필요하지만 해결점을 찾는 일,
그래야 발전적인 삶이 될 수 있다.
"똑같은 조건 아래서라도 희로애락의 감도가 저마다 다른 걸 보면 우리들이 겪는 어떤 종류의 고와 낙은 객관적인 대상이기보다 주관적인 인식여하에 달린 것 같다. 아름다운 장미꽃에 하필이면 가시가 돋쳤을까 생각하면 속이 상한다. 하지만 아무짝에도 쓸모없는 가시에서 저토록 아름다운 장미꽃이 피어났다고 생각하면 오히려 감사하고 싶어진다."
법정스님의 말이다.

"만일 그대가 패배한다고 생각하면… 그때에 아마도 그렇게 될 것이다. 그대가 만일 결단코 그럴 수 없다고 다짐한다면… 그때에 그대는 그렇게 되지 않을 것이다. 이기고 싶으나 이길 수가 없다고 생각한다면…

그때에 그대는 아마 이길 수 없을 것이다. 그대가 질 것이라고 생각하면 그대는 질 것이다. 기억하라 — 성공은 결심과 함께 시작된다는 것을 — 그것은 온 마음의 상태인 것이다. 인생의 싸움터는 항상 강한 자나 더 빠른 자나 더 영리한 자에게만 가는 것이 아니다. 가끔은 '나는 할 수 있다.'라고 말하는 자에게로 온다. 단지 당신이 잘 다져진 길을 여행하고 있기 때문에 그것이, 잘 다져진 길이 옳은 길이라는 것을 증명할 수가 없는 것이다."15

"살다보면 누구에게나 그런 순간이 한번쯤은 다가온다. 오늘날의 자신을 있게 한 결정의 순간 말이다. 중요한 것은 성공한 사람들은 우연처럼 다가온 그 기회를 자신에게 꼭 맞는 변화의 발판으로 삼는다는 점이다."

많은 일들이 당신의 믿음에서 일어나고
많은 일들이 당신의 불신에 의해서 일어난다.
당신은 당신의 세계를 갖고 있다.
모든 일들이 당신의 마음으로부터 시작되고 행동으로 옮겨지고
그에 따른 결과로 나타나는 것이다.

삶을 살아가는 일에서 믿음을 가지고 산다는 것은
꿈을 가지고 산다는 것이다.
꿈이 없는 사람의 가슴엔 불신과 분노만이 쌓인다.
한 세계를 개척하고 한 세계를 건설하는 일은
한사람의 꿈으로 가능하다.
한 세계를 혼란케 하고 한 세계를 파괴하는 일도
한사람의 생각으로 가능하다.
세계의 운명은 바로 한사람의 운명과 함께한다.
당신이 불행하다면 그 불행을 만든 것은 당신이다.
당신이 행복하다면 그 행복 또한 당신이 만든 것이다.

사랑하는 일

세상에 태어나
한 사람을 사랑하는 일은
한 마리 새처럼
하늘을 다 가지는 일입니다
세상에 태어나
한 사람을 사랑하는 일은
한 마리 물고기처럼
바다를 다 가지는 일입니다
세상에 태어나
한 사람을 사랑하는 일은
한 송이 꽃처럼
세상을 다 비추는 일입니다

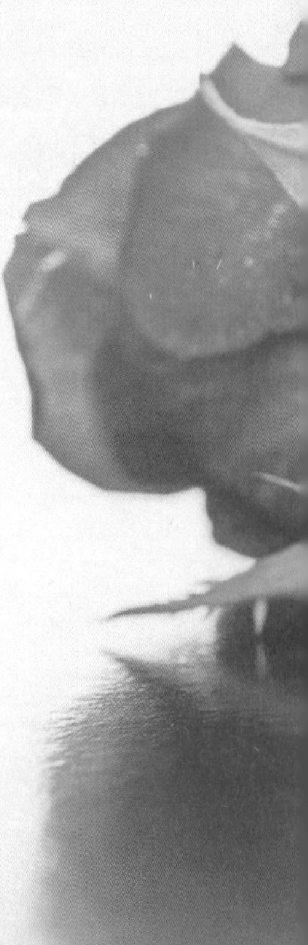

사랑하는 일은

한 사람에게

묶이는 것이 아닙니다

더 높아지고

더 넓어지고

더 밝아져

더 큰 운명이 되는 일입니다

"길 끝에서 들려줄"

강물이 흘러간다. 바람도 흘러간다. 구름도 흘러간다.
시간만, 사람들만 흘러가는 것이 아니다.
모든 것이 어디론가 흘러간다.
그곳이 어딘지 언제쯤 닿을 것인지 누구도 알지 못한다.
걸음을 멈출 수도 없다. 다시 돌아갈 수도 없다.
우리가 길을 가면서 본 풍경이며 들은 소리들은
길 끝에서 들려줄 이야기이다.
너는 무엇을 보았느냐. 너는 무엇을 들었느냐.
너는 무엇을 남겼느냐. 누가 물었을 때 대답할 수 없다면
당신은 눈감은 채 여행을 한 것이다.

인생이란 때론 난관에 부딪히고 때론 길을 잘못 들어

헤매기도 하지만 그렇게 한걸음 내디디면서
자신만의 길을 만드는 것이다.
자신이 걸은 길만큼 볼 수 있는 것도 보이는 것도 다르지 않은가.
추억만 갖고 살기엔 남은 생이 너무 짧다.
추억이란 남은 시간을 가꾸기에 따라
더욱 아름다워지기도 더욱 추해지기도 한다.
추억은 흘러가버린 이야기가 아니다.
하루하루 살아가는 일이 추억을 만드는 일이다.
지난 시간이 아름답지 못했다면 앞으로 남은 시간은
두 배 세 배 더 아름답게 만들어야 한다.
지난 시간이 아름다웠다 해도
그 추억을 더욱 소중하게 하기 위해서는
남은 시간도 아름답게 만들어야 한다.
추억이란 생의 끝에서 돌아보는 것이지
아직 시간이 남은 길에서는 판단하는 것이 아니다.

누구에게나 힘들었던 날들은 있기 마련이다.
그 시간이 비록 혹독한 겨울이라 해도 지나고 나면

눈부신 봄으로 찾아온다.
어떤 사람은 불행한 지난 시간 때문에
자신의 앞날을 망치기도 하지만
어떤 사람은 불행한 지난 시간을 발판으로
더 행복한 미래를 만들기도 한다.
지난 시간 고통과 절망을 견디어낸 사람은
생에서 그 무엇으로도 살 수 없는
소중한 삶의 지혜를 터득했다 할 수 있다.
겨울 지나면 봄 오듯 생의 한고비가 못 견디게 고통스럽다 해도
멀지 않은 시간에 행복을 만날 수 있다는 믿음으로 힘을 내야한다.
봄은 멀지 않다.
당신이 현재의 고난을 미래를 위한 값진 시간이라 생각한다면
이미 가슴속엔 봄이 시작되고 있다고 할 수 있다.
왕성한 호기심과 에너지는 어디서 나오느냐는 기자의 질문에
배우 유준상은 이렇게 말했다.
"단련된 거죠. 여러 가지 어려운 일을 겪으면서 시련은 나뿐만 아니라
모두에게 온다고 생각했어요. 그걸 굳이 슬퍼하지 말고 이겨내자고
생각했더니 이제는 열심히 하지 않는 게 어색해요."

"삶은 꾸며져야 한다. 삶은 미완성이자 진행형이기 때문이다. 삶에는 고통이 따른다. 삶에는 불행도 있다. 그러나 그것을 만나야 한다. 삶은 아무런 해명 없이 아무런 위안 없이 흘러가야 한다. 삶을 직접적으로, 순간에서 순간으로 살 수 있다면 어느 날 당신은 위안이 아닌 다름 아닌 만족, 즐거움의 시간에 있게 될 것이다."

라즈니쉬의 글에 나오는 말이다.

삶은 외면하려해도 함께 할 수밖에 없는 것이다.
삶은 거부해도 흘러가는 것이다.
흐르는 시간 속에 삶이 있다.
그리고 끝내 닿아야 할 그곳도 있다.
흘러가는 여행이 즐거운 여행이 될 것인지
우울한 여행이 될 것인지는
전적으로 당신의 꿈을 향한 의지에 달려있다.
삶은 다만 흘러가는 것일 뿐,
그것을 꾸미고 완성시키는 일은 당신의 몫이다.

"시간보다 방향이"

"아버지와 아들이 사막에서 길을 잃었습니다. 식량도 물도 떨어졌습니다. 아들은 빨리 사막을 벗어나야 한다며 재촉했습니다. 그러나 아버지는 이리저리 방향을 가늠해보며 길을 서두르지 않았습니다. 불평하는 아들에게 아버지는 말했습니다. '얘야, 시간이란 그다지 중요한 게 아니란다. 그보다 더 중요한 건 방향이라는 사실을 잊지 말아라.' 두 사람은 고생은 했지만 무사히 사막을 벗어날 수 있었습니다."
인생도 마찬가지다.
우리가 지금 사막이나 바다 가운데 있다고 생각해보라.
어떤 사람은 시간을 낭비할 수 없다며 앞만 보고 달려갈 것이다.
그는 방황하다 길을 잃는 사람보다는
그래도 성공적인 삶을 살았다 할 수 있을 것이다.
그러나 생의 마지막에 서면

정신없이 달려온 시간을 아쉬워하게 된다.
젊은 시절 삶의 방향을 정하는 일은 무엇보다 중요하다.
어려운 일이겠지만 주어진 삶을
성공적으로 완성시키는 일이기 때문이다.
"삶이란 두 가지 여행이다. 하나의 여행은 시간과 공간속을 나아가고
다른 여행은 자기 자신과 진리 속을 가는 것이다."
라즈니쉬의 말이다.

머무는 삶이란 죽은 삶이나 다름없다.
변화를 원하거든 끊임없이 살아 움직여야 한다.
가슴속에 항상 출발을 준비하고 여행 중에 만나게 될 풍경과
사람들을 통해 삶이 새롭게 변화되는 경험을 해야 한다.
떠나지 않고는 만날 수 없다.
세상을 받아들이지 않고는 세상을 이해할 수 없다.
변화를 받아들이고 스스로 변화함으로 변화의 중심에 서야한다.
자신이 변화하지 않으면 세상은 변화하지 않는다.
사람들은 변화를 원하면서 변화된 세상이 오기만을 기다린다.
무기력과 자존심과 두려움에서 뛰쳐나와

꿈 있는 삶을 사는 일이야말로 뜻있는 삶의 여행이랄 수 있다.

"내가 젊고 자유로워서 무한한 상상력을 가졌을 때 나는 세상을 변화시키겠다는 꿈을 가졌었다. 좀 더 나이가 들고 지혜를 얻었을 때 나는 세상이 변하지 않으리라는 걸 알았다. 그래서 나는 내가 살고 있는 나라를 변화시키겠다고 결심했다. 그러나 그것 역시 불가능한 일이었다. 황혼의 나이가 되었을 때는 마지막 시도로 가장 가까운 내 가족을 변화시키겠다고 마음을 정했다. 그러나 아무도 달라지지 않았다. 이제 죽음을 맞이하는 자리에서 나는 깨닫는다. 만일 내가 내 자신을 먼저 변화시켰더라면, 그것을 보고 내 가족이 변화되었을 것을, 또한 그것에 용기를 얻어 내 나라를 더 좋은 곳으로 바꿀 수 있었을 것을, 누가 아는가, 그러면 세상까지도 변화되었을지."

웨스터 민스터 사원에 묻힌 어느 주교의 비문이다.

"과거는 제거되어야 한다. 오직 그때만이 성취하고자 하는 것을 성취할 수 있다."

힌두교 · 자이나교 · 불교에서 말한다.

"아무 것도 필요하지 않다. 바로 그것을 인정하라. 그것을 허락하라. 그러면 지금 참된 순간을 맞을 수 있다."

열자 · 노자 · 달마가 말한다.

과거의 시간을 아쉬워하는 일은
미래로의 발걸음을 더디게 할 뿐이다.

과거는 과거대로 인정하고
과거를 발판으로 한 걸음 나아가는 일이다.
과거는 부정할 수도 돌이킬 수도 없는
사실 그대로의 지난 시간일 뿐이다.
어떤 사람은 과거의 삶에 연연해서
남은 삶을 어둠 인 채 사는 사람도 있다.
과거는 현재와 미래를 위해 존재하고 밑거름이 되어야한다.
과거보다 미래의 시간이 행복해야
과거는 아름다운 추억으로 남는다.

누구는 블랙커피를 좋아하고 누구는 설탕만 넣은 커피를 좋아하고
또 누구는 크림까지 넣은 커피를 좋아한다.
커피를 마시는 취향이 각각인 것처럼 삶을 사는 방식도 각자 다르다.
처음엔 쓴 약을 먹는 것 같기도 하고 살아온 인생 맛하고 같은 것,
그것이 커피일 수도 삶일 수도 있다.
커피의 향이 깊으면 그 느낌이 오래듯
삶의 빛깔이 짙으면 감동 또한 오래간다.
추억이 아름답고 소중한 사람은
삶을 진지하고 뜨겁게 사랑하며 산 사람이다.
당신은 쓴 시련보다 달콤한 쾌락에 삶을 낭비하고 있지는 않는가?
혹자는 커피가 건강에 해롭다고 멀리 하기도 한다.

그러나 또 다른 한편 '기분 좋은 쓴맛이 즐거운 미각을 돋우는 동안…'
알프레도 도프의 「커피예찬」도 있고 바흐의 칸타타 중 '커피는 마시는 보석'이라는 어귀도 있다.
누구든 삶을 살면서 커피 몇 잔쯤은 마시게 된다.
삶을 뜻있게 사는 일은 순간을 음미하며 사는 일이다.
한 잔 마시는 커피 속에도 삶이 녹아있다.
그 향과 빛깔을 당신의 것이 되게 하라.
그것이 바로 당신의 향기일수도 삶일 수도 있기 때문이다.

"소망하는 순간부터"

R·L·B 스티븐슨은 행복에로 나아갈 길을 다음과 같이 말했다.
"참다운 행복, 그것은 우리들이 어떻게 끝을 맺느냐 하는 것이 아니라 어떻게 시작하느냐 라는 문제이다. 또 우리들이 무엇을 소유하느냐가 아니라 무엇을 바라느냐의 문제인 것이다."
현실에 뿌리박지 않은 행복은 없다.
참된 행복일수록 현실에 근거를 두고 있다.
그러나 현실이라는 말을 물질이나 소유의 개념으로
잘못 인식한다면 그것이 곧 불행의 시작이다.
행복을 허황된 욕망에 두지 않고 현실 속에서
행복을 남과의 비교의 척도로 판단하기보다
자신을 한 존재의 중심으로 세상에 세움으로
행복을 발견하고 판단하고 가꾸는 일이다.

세상에는 스스로 행복하다고 생각하는 사람은 적고
행복하지 못하다고 생각하는 사람은 많다.
그것은 자신의 내면으로 눈을 돌리기보다
밖으로 눈을 돌려 행복을 찾음으로
늘 부족하고 불만족스러운 시간을 보내기 때문이다.
스스로에게 행복이란 무엇인가 묻고
행복하기를 소망하는 순간부터
행복은 시작되고 행복을 향유하게 된다.

"개의 눈으로 보면 개로 보이고 돼지의 눈으로 보면 돼지로 보인다."
는 말이 있다.
슬픔의 눈으로 세상을 보면 세상은 흐려 어둡게 보이고
기쁨의 눈으로 세상을 보면 세상은 맑고 밝게 보인다.
어떤 마음으로 보느냐에 따라 세상은 달라진다.
마음의 문을 활짝 열고 세상을 보면
모든 것이 반가움으로 다가온다.
세상은 변하지 않았다.
변한 것은 당신의 마음이다.

세상을 사랑의 물감으로 색칠하는 일은
그만큼 삶을 아름답게 하는 일이다.
빨 · 주 · 노 · 파 · 남 · 보 일곱 색깔로 그리는 세상은
무지개처럼 아름답다.

남자는 죽고 싶지 않아서 살을 뺀다고 하는데
여자는 죽어도 좋으니 살을 빼야겠다고 한다는 말이 있다.
살을 빼는 일은 건강을 위해서이지 아름다움만을 위해서는 아니다.
생긴 모습 그대로 자신을 가꿔라.
우리의 모습은 기계로 찍어낸 물건이 아니다.
누구와도 닮지 않았다는 것은 개성을 지녔다는 것이다.
자신의 생긴 모습 그대로를 가꾸고 당당하다면
그것이 바로 자신만의 아름다움이며
오히려 남이 닮고 싶어 하는 모습인 것이다.
신이 창조한 모든 것은 각기 자신만의 아름다움을 갖고 있다.

"삶은 훈련이다"

"행복을 느끼는 마음이란 일종의 훈련으로 얻어지는 것이리라. 아침 일찍 일어나는 습관을 키우듯이 행복 또한 크고 많게 느낄 수 있도록 끊임없이 훈련하여 좋은 버릇으로 간직하는 것이리라."

어느 소설가의 글에 나오는 말이다.

우리는 행복을 느끼는 마음이나 행복하게 사는 방법을
준비 없이 훈련 없이 자연스럽게 주어지는 것이라고 생각하기 쉽다.
우리의 생은 하얀 백지 상태에서 시작되지만
살아가면서 끊임없이 외부로부터 변화를 요구 받는다.
그러므로 스스로를 지키고 행복한 삶을 위해서는
훈련을 하지 않으면 안 된다.
행복은 어떻게 보고 느끼고 어떻게 실천하느냐에 달려있다.
남에 의해서가 아니라 자신의 의지에 의해서이다.

"행복은 열기에 뜬 야망에 있는 것이 아니라 부드럽고 단순한 애정 속에 존재한다. 목이 마를 때 거대한 바닷물을 들이켜서 갈증을 푸는 것이 아니라 조그만 옹달샘에서 솟는 맑고 깨끗한 물을 마셔 갈증을 풀지 않는가."

카스텔라가 행복에 관해서 한 말이다.

사람들은 쉽고 빠르게 행복을 얻으려하거나
크고 많게 행복을 소유하려 한다.
그러나 행복은 그렇게 얻어지고
그렇게 향유하는 것이 아니기 때문에
사람들은 늘 불만족스러워하며 불행하다고 생각한다.
그리고 땀 흘려 그것을 얻으려하기보다
쉽고 빠른 방법으로 얻으려고 한다.
행복은 멀리 있는 것이 아니라 늘 함께 하는
가까운 곳에 있는데도 사람들은 멀리서만 찾는다.
행복을 크고 화려한 것에 두지 않고
작고 평범한 것에서 찾는다면
세상에 행복하지 않은 사람은 없다.

눈물은 마음의 황량함을 적시는 샘물이다.
당신은 눈물 뒤의 평화를 느껴본 적이 있는가?

한 방울 눈물의 투명한 창으로 본 세상은 맑게 보인다.
눈물 없는 사람을 강한 사람이라고들 한다.
하지만 눈물이 많아 마음이 여리다 해도
눈물을 흘릴 수 있는 사람이
한 그루 나무를 키울 수 있고 한 송이 꽃을 피울 수 있다.
눈물의 힘은 여린 듯 하지만 오히려 강한 것이 눈물이다.
사랑에도 눈물이 필요하다.
하루에도 몇 번씩 만났다 헤어지는
인스턴트식 사랑이 넘치는 세상에서
사람과 사람의 만남, 남녀의 사랑에 눈물 몇 방울이라도 있다면
그 사랑은 한결 진실할 수가 있다.
삶이 아름다운 것은 사랑이 있기 때문이다.
우리의 삶이 소중한 것은
누군가를 위해 흘려줄 눈물이 있기 때문이다.
지하도에서 구걸하는 걸인에도,
몇 가지 물건을 늘어놓고 있는 노점상에도 우리의 가슴은 젖는다.
자기 자신을 위해 눈물 흘리기보다
남을 위해 눈물 흘릴 수 있는 마음이야말로
세상을 따뜻하게 하는 일이다.
집을 나설 때 나누어 줄 사랑 얼마쯤 가슴에 담고 가기 바란다.
손수건 한 장 준비하는 것도 잊지 말기를…

사랑의 진실

사랑한다는 말 들어야만
사랑인줄 아는 사람이 있다
사랑의 선물 받아야만
행복해하는 사람이 있다
결혼을 하고 한 이불 속 잠들어야만
사랑의 약속을 믿는 사람이 있다
그러나 얼마나 많은 사랑이
먼지보다 가벼운 약속 때문에
풍선보다 부푼 기대 때문에
미움만 가득 안고 돌아서는가
사랑에 울고 사랑에 웃고
허기져하고 갈증나하며

사랑 찾아 헤매는 사람아
상처 없이 피는 꽃 없다는데
얼마나 더 오래 살아봐야
사랑을 다 안다 할 수 있을까

"홀로 있는 시간"

스스로 불안감을 극복한 사람에게는
이별하고 죽는 일이 담담한 일이나
그것을 거부하는 사람은 이별이나 죽음은 두렵고
태어나는 자체 역시 달갑지 않은 일이다.
우리는 스스로 알지 못하고 원치 않아도
태어나고 죽음을 맞아야 한다.
누구에게나 삶을 사는 동안 할 일이 주어진다.
주어진 시간을 후회와 절망으로 혹은 보람과 희망으로 보내는 일은
전적으로 자신의 생각과 노력에 달려있다.
자신의 삶을 사랑하지 않는 사람은 고통의 시간이 길고
자신의 삶을 사랑하는 사람은 보람의 시간이 길다.
죽음을 아름답게 맞는 일은 삶을 열심히 산 사람에게 가능하다.

주어진 시간을 무의미하게 보내거나 삶을 값없이 낭비하는 일은
한 생명으로 세상에 태어난 가치와 의미를 알지 못하는 일이다.

홀로 있는 시간을 가져 봐야한다.
우리는 너무 자신과 대화할 시간을 갖지 못하고 살고 있다.
조용히 홀로 있는 시간을 가져야
비로소 자신의 참모습을 볼 수 있다.
스스로 돌아본 자신의 모습에서
부끄러움, 부족함을 읽을 수 있어야한다.
바쁘게 살아가는 시간 속에서
외면하고 부정하고 잃어버린 것들이다.
우리는 결국 혼자일 수밖에 없다.
아무리 가족이 친구가 있다 해도
중요한 문제를 결정할 때는 스스로의 판단일 수밖에 없다.
때로 고독해봐야 하고 고독을 견디는 연습도 필요하다.
고독해 봄으로 우리는 더 크게 성장할 수 있고
자신이 아닌 다른 사람을 사랑하는 마음도 가능하다.

이 세상에 존재하는 아름다운 것들은 모두 알고 보면
당신이 모르는 사이 누군가의 눈물에 의해 만들어졌다.
눈물이, 이별이 꼭 슬픔만은 아니라는 말이다.
우리는 살면서 많은 것들로부터 이별을 한다.
이별하는 일이란 거역할 수 없는 운명이다.
이별을 연습하는 일은 슬픔을 줄이는 일이기도 하다.
또 다른 세상에서 만날 수 있다는
희망적인 이야기가 없는 건 아니지만…
우리에게 이별이라는 시간이 있어 지금 시간은 더욱 소중하다.
이별 뒤의 시간이 고통이라면 더욱더 간절하게 사랑할 수밖에 없다.
촛불처럼 몸을 태워 사랑할 수밖에 없다.
뜨겁게 타버린 뒤에는 눈물마저도 아름답다.

"살다보면 얻는 것도 있겠지만 잃어버리는 것이 더 많다. 따라서 '잃어버림'을 준비해야 한다. 그것은 잃지 않기 위해 노력하라는 말이 아니라 순수하게 잃어버림을 받아들이는 일이다. 주변 사람도 재물도 그리고 의욕도 자신을 떠나간다. 인간은 조금씩 비우다 결국 아무 것도 남아있지 않을 때 세상을 뜨는 게 아닐까. 너무 젊은 나이에 많은 것을 얻으면 나이 든 후에 따분하고 무료하다. 더딘 인생을 탓하지 말라. 완성이 늦을수록 성취감은 숙성되어 그 맛이 그윽하다. 더딘 삶, 미완성을 다행으로 여겨라. 감사하라. '늦게 됨'은 축복이다. 자신에게 상처를 입힌 흉기라고 까지 생각했던 운명은 오히려 자신을 키워준 비료였다."[16]

"작은 것들이 모여"

당신은 한 개의 촛불이다.
당신은 작은 불빛 하나로는 세상을 다 비추지 못하고
한 뼘 자신의 주위만 비출 수밖에 없다고 슬퍼하지 말라.
어둠은 저만큼 물러나 있고 세상의 밤은 환하게 밝다.
그것은 세상사람 모두가 자신이 가진 한 개의 촛불로
당신이 밝힌 만큼 빛을 비춰 세상을 밝게 한 때문이다.
이 밤 전등을 끄고 촛불 하나를 켜보라.
그리고 가만히 촛불을 응시하라.
자신을 태워 어둠을 밝히는 촛불의 헌신을 배우기 바란다.

지금 세상에선 가능한 한 많이 가능한 한 빨리라는 말이
일상처럼 되어 버렸다.

그것에의 결과는 쾌락은 늘어나겠지만
반면에 기쁨은 줄어드는 일이 된다.
사람들은 보다 화려한 것에 눈과 마음을 주고
더 큰 만족을 위해 시간과 열정을 쏟는다.
이제 사람들은 작은 기쁨이나 타인의 눈물에는 마음을 열지 않는다.
작은 감동 따위는 관심조차 없다.
사람들의 눈은 가려지고 가슴은 닫혀버렸다.
아무리 큰 것이라도 작은 것들이 모여 된 것이란 걸 알지 못한다.
작은 사랑이 모여 크고 깊은 사랑이 되듯
삶에서 행복을 가져다주는 것은
작은 기쁨에도 크게 기뻐하는 가슴이 되는 일이다.

망망대해를 항해하는 듯한 인생 길,
삶은 고난의 연속이며 끝없는 인내를 요구한다.
홀로 헤쳐가야 하는 바다, 파도 또한 높고 거칠다.
이럴 때 어려움을 함께 할 누군가가 곁에 있다면…
인생이라는 험난한 항해를 함께 하는 동지애의 확인,
혹은 삶의 따뜻한 동반자라는 느낌의 사람과 함께라면

이 세상은 한번쯤 살아볼만한 곳이라는 용기가 솟는다.
사랑하는 누군가가 없다는 것은
누군가에게 사랑하는 사람이 되어주지 못했다는 말과 같다.
세상은 각박하다고 한다.
세상은 온통 미움과 거짓으로 가득하다고 한다.
그럴수록, 그렇기 때문에 우리에게 필요한 것은
누군가의 따뜻한 가슴일 것이다.
누군가에게 따뜻한 가슴이 되어주는 일이다.
마크 트웨인은 말했다.
"앞으로 20년 후에 당신은 저지른 일보다 저지르지 않은 일에 더 실망하게 될 것이다. 그러니 밧줄을 풀고 안전한 항구를 벗어나 항해를 떠나라. 돛에 무역풍을 가득 담고 탐험하고, 꿈꾸며, 발견하라."

"삶을 가두는 틀"

"진정한 자유는 언제나 정신적인 것입니다. 우리의 깊숙한 내면과도 밀접한 관계가 있습니다. 그 내면은 누구도 사슬로 묶을 수도 족쇄로 채울 수도 없습니다. 감옥에 가둘 수도 없습니다. 자유는 진정한 자유 그 자체입니다. 어두운 방안에 불을 켜면 어둠은 조금씩 사라지지 않고 불을 켜는 순간 어둠은 존재하지 않습니다. 자유가 무엇인가를 진정으로 이해하는 순간 우리는 자유롭습니다."

헤르만 헤세의 글 중에 나오는 말이다.

자유는 눈으로 확인할 수도 크기를 한정할 수도 없다.

자유의 의미를 외형적인 모습이나 물질적인 가치에 두면

우리의 삶은 진정 자유로울 수 없다.

하루하루 살아가는 일에서 사람들은 자유롭기를 원하면서

스스로를 구속시키는 이리석음 속에 살고 있다.

자유란 한 존재의 내면과 외면,
남과 나와의 관계에서 성립되는 것이기도 하지만
무엇보다 중요한 것은 스스로의 마음의 중심이다.
시간을 초조해하지 않고 어떤 굴레에도 자신을 가두지 않을 때
필시 삶은 자유로울 수 있다.
이진경은「삶을 위한 철학수업」이란 책에서 이렇게 말했다.
"자유란 여러 가지 그럴듯한 선택지의 유혹 앞에서도 자신이 하고자 하는 것을 하는 능력이고, 이런저런 제약과 구속 속에서도 자신이 원하는 방식으로 살 수 있는 능력이다."

우리가 두려워하고 벗어나고 싶어 하는 불안정성에대해
프랑스의 작가 알렉상드르 자르댕은 이렇게 말했다.
"불안정성보다 더 기막히게 좋은 것이 어디 있는가. 아마 내가 더 늙어 갈수록 안정성을 추구하게 될 것이다. 안정성이란 따지고 보면 죽음의 다른 형태가 아니겠는가."
그렇다. 많은 사람들이 변화를 두려워하고 모험을 꺼린다.
그래서 보장된 직장, 안정된 노후, 풍족한 삶을 추구한다.
산다는 것이 무엇인가?

참다운 삶이란 자신의 삶을 어떤 틀 속에 가두기보다
끊임없이 삶을 가두는 틀을 부수는 일이다.
당신이 진정 살아있고 꿈을 가지고 있다면
변화를 두려워하지 말아야 한다.
그것이 불안정성으로 보일 수도 있겠지만
변화와 성취를 통해 진정한 삶의 가치를 발견할 수 있다.

떠나는 것들은 떠나게 둘 일이다.
돌아오는 것들을 위해 가슴을 비워 둘 일이다.
떠나갔다고 마음 아파할 필요는 없다.
떠난 것은 그 나름의 이유가 있을 것이다.
세상의 흔들림에 따라 흔들리면 세상을 바르게 볼 수 없다.
눈 맑은 창으로 세상 풍경을 있는 그대로 담을 일이다.
삶을 무모하게 바꾸려 해서는 안 된다.
마음이 원하는 대로 두어야 한다.
떠날 때 떠나게 하고 돌아올 때 돌아오는 것이 순리다.
억지로 잡아두면 마음에 미움과 상처만 생긴다.
세상 모든 것들은 멀어짐으로 다시금 새로워지는 것이다.
머물러 있는 것이라고 모두가 옳은 것만은 아니다.
지금은 떠나 아쉽고 눈물 나겠지만
언젠가는 그것들과 다시 만날 수 있고 만나야 한다.

"아침에 눈을 떴을 때 한동안 가만히 누운 채로 나의 삶에서 감사히 여겨야 할 바들이 무엇인지를 곰곰이 생각해 보곤 한다. 두려움으로부터의 자유, 과거로부터의 자유, 탐닉으로부터의 자유, 정신으로부터의 자유 바로 그것이다. 자유로운 정신을 가질 때 나는 내 의식의 폭을 넓힐 수 있고, 일을 처리하는 새로운 방식을 개발할 수 있고 새로운 목표를 설정할 수 있다. 한때 나의 시야를 제한했고 나를 절망의 늪에서 허덕이게 했던 낡은 사고방식들을 과감히 버릴 수 있다. 자유로운 정신은 나에게 내가 한 사람의 인간이 될 수 있다고 말해준다. 순응할 필요가 없으며 다른 사람들의 한계가 곧 나의 한계일 필요도 없다고 말해준다. 사회적 압력에 굴복하면서 살아서는 안 된다고 말해준다. 자유로운 정신은 나의 눈과 마음을 열어줌으로써 무한한 새로운 가능성과 기회를 맞이하게 한다. 나의 삶은 더 이상 한 필의 말이 진흙투성이 경주로를 달리는 경주가 아니다."[17]

불행을 멀리하는 방법에 대해 쇼펜하우어는 이렇게 말했다.

"더 높고 고상한 생각을 할 수 있는 사람이라면 개인적인 일이나 쓸데없는 문제에 너무 몰두하지 않도록 조심하는 것이 좋다. 너무 몰두하다보면 온 주의력을 그 일에 빼앗기게 되고 더 가치 있는 일은 돌보지 못하기 때문이다. 바꾸어 말하면 인생의 진정한 목적을 잃어버릴 우려가 있다는 것이다."

삶을 살면서 개인적인 사소한 문제나
일상의 잡다한 일들을 외면하기는 어렵다.
그러나 독서와 마음 수련을 통해
생각을 보다 넓게 높게 하는 일이 필요하다.
그것은 자신의 삶을 귀하고 가치 있게 만드는 일이기 때문이다.
삶을 성장시키는 일은 마음의 문을 닫아걸기보다
열린 마음으로 세상을 바라보는 일이다.
자신이 꿈꾸고 목표한 삶을 얼마만큼 이루었냐에 따라
삶은 실패나 성공으로 구분된다.
그래서 성인(聖人)들의 행적이나 위인들의 삶이
존경을 받고 우러러 보게 되는 이치다.

"삶을 살게 하는"

그리움이란 삶을 살게 하는 힘이다.
삶이 고단하고 힘들 때면 찾아갈 수 있는 세계,
그 안에서는 모든 것들이 따뜻하고 아늑하다.
그리움이 가져다주는 힘, 그것이야말로
반복되는 일상의 고단함을, 미래에 대한 두려움을,
삶이 야기 시키는 모든 고통을
견디게 해주는 힘이다.
그리움이 없는 사람에겐 미래도 희망도 없다.
생의 길을 가는 동안 그리움은 따스한 손길로 삶을 어루만져 준다.
가슴의 그리움을 잊으려거나 그리움으로 가슴 아파하지는 말라.
설사 그리움의 대상을 만나지 못한다하더라도
가슴에 그리움이 있을 때가 행복한 시간인지도 모른다.

누군가를 위하고 사랑한다는 것은 그것 자체로도 기쁨이며
자신이 느끼는 행복이 자신이 받는 보답이 된다.
받는 것을 전제로 한 사랑이란
사랑이라 할 수 없는 상거래 행위나 다름없다.
친구 간에 이웃 간에 심지어 부부 간에 부모자식 간에
우리는 사랑을 하면서 은연중에 받을 것을 기대하기 때문에
대가가 없으면 야속해하고 마음 아파하게 되는 것이다.
사랑은 받는 기쁨보다 주는 기쁨이 더 크다는 것을 아는 사람만이
진실로 사랑을 알고 사랑할 수 있는 사람이다.
사랑은 대가없이 베푸는 헌신이다.
누군가를 위해 자신이 가진 사랑을 다 주었다고 생각될 때
어느새 가슴 가득 사랑이 자리해 있음을 알게 된다.

"행복을 자아로서의 삶속에 두지 않고, 따라서 거짓된 행복에 마음을 쓰지 않으며, 그것에 따라서 인간에게 특유한 모든 사람들에 대한 박애를 자기 내부에서 자유롭게 해방한 그런 사람들만이 가능하다. 그러한 사람의 삶의 행복은 사랑에 있다. 그것은 마치 초목의 행복이 빛에 있는 것과 마찬가지이다. 따라서 아무 것도 덮이지 않은 식물이 어느 쪽으로 성장하여야 할 것인가. 이 빛은 좋은 빛인가 어떤가. 더욱 바람직한 다른 빛을 기다려야 하는가 어떤가를 물을 수 없고 묻지 않으며, 이 세계에 존재하는 유일한 빛을 섭취하고, 그쪽으로 무럭무럭 뻗어나가는 것 같이 자기의 자아의 행복을 포기한 사람은 자기가 일찍이 남들로부터 빼앗은 것 가운데서 무엇을 사랑하는 사람들 가운데 누구에게 줄 것인가, 자기에게 요구를 표명하고 있는 사랑 이상으로 더욱 좋은 사랑이 달리 있지나 않을까 하는 것에 관해서는 생각해보지도 않고, 자기 자신을 포기하고, 자시 손에 미치는 범위 안에서 자기 눈앞에 보이는 사랑에 자기의 존재를 바친다. 오직 이러한 사랑만이 인간의 합리적천성에 충분한 만족을 준다."18

LOVE

"청춘의 시기만큼"

우리의 어린 시절은 세상의 선물을 즐기는 시간으로 흘러간다.
그 시절이 지나면 청춘이 시작된다.
그러나 대다수의 사람은 청춘의 시간을 즐기려고만 하고
달콤한 유흥에만 시간을 할애한다.
그러나 앞으로의 시간을 위해서는 이 시기만큼 중요한 때는 없다.
밤 세워 사색하고 경험하며 삶을 배움으로써
어른이 되고 한 인간이 되는 지혜를 익혀야 한다.
젊은 시절은 순식간에 지나간다.
이성이 빛나고 신체가 강건할 때 자신의 삶을 갈고 닦아야 한다.
그것이 생의 끝에서 후회를 줄이는 일이기 때문이다.
과거의 일을 기억한다는 것은
오로지 현재를 살 채비를 하는 데에서만 가치가 있다.

현재를 손상시키는 것보다 더
젊은이의 마음에 치명적인 피해를 입히는 것은 없다.
존재하는 모든 것은 오직 현재 속에만 있다.
현재는 성스러운 티전이다.
현재가 곧 과거고 현재가 곧 미래다.

자유로운 삶을 산다는 것은 자유로운 삶을 인식하는 것이다.
자유란 존재의 본질로 주어진 것,
누가 무엇이 자유를 간섭하거나 제약할 수 없듯이
스스로 자유로움에 삶을 물들여야 한다.
그렇지 못하면 결국 삶은 족쇄를 찰 수밖에 없다.
우리는 우리가 원하는 곳에 갈 자유가 있고
있고 싶은 곳에 있을 자유가 있다.
그러나 자유란 누리는 만큼 책임도 따른다.
자유란 진정으로 자유의 참뜻을 인식하지 못하는 사람에겐
방종이며 그 또한 굴레가 된다.
자유를 지키기 위해서는 자유를 방해하는 무엇이든
기꺼이 깨뜨려야만 한다.
인간이 된다는 것은 자유로워지는 것, 용기를 갖는 것,

투쟁하는 것, 그리고 책임을 지는 것을 의미한다.
헤세는 「유리알 유희」에서 이렇게 말했다.
“여행을 떠날 각오가 되어 있는 사람만이 자신을 묶고 있는 속박에서 벗어날 수 있다.”

겨울나무를 보면 많은 것을 배우게 된다.
나무는 앙상하게 잎을 다 떨군 모습으로
혹독한 찬바람에도 언제나 수도자의 자세로 있다.
“나를 보라. 나의 이 기다림의 자세를 보라. 인내하지 않고 사는 생이 어디 있는가. 나는 굳이 봄을 기다린다고 말하지 않는다.”
인내하며 사는 생에 봄이 오는 것은
어쩌면 인간이나 나무나 다를 바가 없다.
다만 다르다면 나무는 기다릴 뿐이지만
인간은 찾아 떠날 수 있다는 것이다.
인간의 삶에서 봄이란 준비하고 찾아 맞는 사람에게 밝게 열린다.
그러나 봄이 오기 전에 겨울의 혹독한 시련과
아픔도 있다는 사실을 기억하지 않으면 안 된다.
보다 찬란한 봄을 맞기 위해서는
어둡고 외롭고 고통스러운 시간 속에서도
희망을 잃지 않아야한다.

"고독은 오직 하나가 있을 뿐입니다. 그것은 깊고 견디기 어려운 것입니다. 그리고 거의 모든 사람에게 이 고독이 무엇인가 아주 평범하고 보잘 것 없는 결합과 교환하고 싶을 때가 오는 법입니다. 누구든 상관없이 가까이 있는 사람, 아무리 시시한 사람과의 하잘 것 없는 외면적인 결합일지라도 고독을 기꺼이 대치하고 싶을 때가 말입니다. 그러나 바로 그때야말로 고독이 성장하는 단계입니다. 왜냐하면 고독의 성장은 흡사 소년이 커가는 것과 같아서 숱한 어려움에 부딪치고 봄이 다가오는 시기처럼 애절한 것이기 때문입니다. 그러나 당신은 그것에 쉽게 굴복해서는 안 됩니다. 필요한 것은 단지 크고 깊숙한 고독뿐입니다. 자신의 내부에 파묻혀 몇 시간이고 아무도 만나지 않는 것 - 이것이 가능해져야만 합니다."[19]

세상의 다양함은 홀로 빛남을 위해서가 아니라
조화로움을 위한 것이다.
흑 아니면 백, 서로를 배척하고 부정하며
자신의 주장만이 옳다고 하면
세상은 분란이 끊이지 않는다.
그럴 때일수록 중도(中道)의 방식을 배울 필요가 있다.

중도란 어느 쪽에도 기울지 않는
적당한 태도를 가리킴이라 생각하기 쉬우나
중도란 대립적으로 생각되는 양극단을 부정하고
가장 합당한 자주적인 행동양식을 취하는 것이다.
그러므로 중도는 소극적인 회피가 아니라 적극적인 행동이다.
세상을 살아가는 일에 자신의 옳다는 주장만으로 길을 간다면
분노로 힘이 들고 절망으로 쉽게 지치게 된다.
때로 마음 한켠을 비우고
남을 생각하는 사랑으로 채울 수 있으면
세상은 한결 아름답게 보일 것이다.

"행복의 빛깔"

때로 우리는 자신의 가진 것이 작다고
마음 아파할 때가 있지 않은가.
때로 우리는 자신의 생각과 다르다고
지나치게 분노한 적이 있지 않은가.
남 아닌 나를 위해 아파하고 분노하면 주어진 시간은
슬픔과 미움으로 가득한 채 끝나버린다.
그런 가슴엔 행복이나 평화가 깃들 자리가 없다.
깊은 산속에 핀 들꽃이 자신의 미소와 향기를 보아주지
않는다고 생각했다면 결코 꽃을 피우지 못했을 것이다.
하루하루 주어진 시간을 사랑하며 사는 일,
그것이 바로 행복한 삶일 수 있다.
행복이란 자신의 자리에서 찾아내고 가꾸는 것이지

다른 곳에서 찾거나 남과의 비교의 대상이 아니다.

저마다 행복의 빛깔은 다른 법이다.

시간이 그리 많지 않다.

사랑하며 살아도 길 끝에선 아쉬움이 남는다.

사랑 없이 사는 일이란

세상 어느 것인들
사랑을 갖지 않은 것 있으랴
꽃이건 나비건 새들이건
저렇게 혼신을 다해
사랑을 위해 몸 여는,
온갖 규칙과 질서를 훌훌 벗고 뛰어 넘어
저리도 선명하게 사랑을 적고
저리도 뜨겁게
사랑을 노래하는,
세상 어느 것인들
사랑으로 살지 않는 것 있으랴
바람이건 구름이건 비건
저렇게 생 전부를 걸고
사랑을 향해 몸 던지는

"하나의 언어가 사라지는 순간, 또 하나의 사랑도 사라진다."
소설가 김애란의 글이다.
그렇다. 이제 알겠다. 내 어쭙잖은 글이 사랑의 표현이란 걸…
사실 글이 행동과 삶에 일치해야겠지만
그게 어디 쉬운 일인가.
반성하고 노력 하며 생이 다하는 날까지
줄기차게 글을 쓸 것이다.
그게 사랑이니까.

인용된 글과 자료의 출처

1. 헤르만 헤세. 사랑하는 이여, 나의 빛이여. 유한문화사
2. 에리히 프롬. 소유냐 삶이냐. 홍성사
3. 지나 크리슈나무르티. 자유인이 되기 위하여. 청하
4. M. 스코트팩. 길이 없는 길을 찾아서.
5. 성경. 고린도전서 13장 4 - 7절
6. 정혜윤. 삶을 바꾸는 책 읽기. 민음사
7. 리처드 칼슨. 가족의 사소한 일은 초연하라. 국일미디어
8,칼릴 지브란. 예언자. 문예출판사
9,레오 버스카클리아. 사랑할 수 있는 시간이 너무 짧습니다. 한아름출판사
10. 에리히 프롬. 사랑의 기술. 문예출판사
11. 바바 하리다스. 성자가 된 청소부. 정신세계사
12. 여성중앙. 2013. 6월호
13. 양창순. 사랑을 느낄 때 던져야할 질문들. 청년사
14. 베르나르 베르베르. LUXMEN. 2013. 1
15. 버나드 멜처. 무엇이 너의 문제이냐. 문예춘추
16. 소노 아야꼬. 중년이후. 리수
17. J · B · W. 생활이 그대를 속일지라도. 한마음사
18. 톨스토이. 인생에 대하여. 마당
19. 라이어 마리아 릴케. 젊은 시인에게 보내는 편지. 범조사